KB184053

나이 60, 이제 너는 자유일까?

김정수

고려대학교 국제대학원에서 석사 학위를 취득하였으며, 30년간 대기업에서 근무하였다. 특히 해외 유명 식품 브랜드의 마케팅 및 전략 경영 부서에서 오랜 경력을 쌓았다. 자산관리사(FP), 공인중개사, 일반조종 1급 자격증을 보유하고 있다.

현재 100세 시대를 맞이하여 인생 2막과 3막을 전략적으로 준비하는 방법에 관심이 많으며, 하고 싶은 일을 하며 건강하고 재미있게 사는 삶을 추구하고 있다.

나이 60,
이제 너는 자유일까?

나에게 쓰는 편지

김정수 지음

머리말

30년간 근무한 직장에서 퇴직한 지도 몇 년이 흘렀다. 1960년 한국의 1인당 국민소득은 79달러였다. 당시 가난한 나라에서 대다수의 형, 누나들은 돈을 벌기 위해 어린 나이에 도시 공장에서 일해야 했다. 한국은 1970년대 새마을운동, 산업화의 시작, 1980년대 초 민주화운동, 1988년 서울 올림픽, 1997년 IMF, 2002년 월드컵 개최 등 매우 역동적인 시대를 보냈고, 2023년 1인당 국민소득이 3만 3,000달러로 선진국의 반열에 올라 세계에서도 잘사는 나라가 되었다. 인생 초반 30년은 군대, 학습으로 이후 30년은 직장 생활, 가족 부양으로 흘렀다.

이제는 100세 시대다. 60대의 자리에 서서 앞으로의 약 40년, 즉 주어진 350,400시간 동안 진정한 자유를 누릴 수 있을까. 그냥 아무런 생각 없이 살기에는 너무 긴 시간이다. 우리가 사회에 나아가기 위해 30여 년을 준비했듯이, 진정한 자유를 누리기 위해서는 많은 성찰과 치밀한 전략이 필요하다. 지금부터 30~40년을 어떻게 멋지고 알차게 보낼 수 있을까. 그런 것들을 고민하며 나에게 질문하고 편지를 써 본다.

시니어 모두에게 건강과 행복이 함께하기를 바라며…….

차례

2장 내가 행복해야 세상이 행복해진다

3장 경제적 자유

4장 삶에도 전략이 필요하다

1장

인생 다모작 준비

청춘은 살아가고 싶은

방향성을 위해 시도하고

실패도 하면서

새로운 세상에 적응도 하고
아름답게 살아 가는 것이다.

너는 이제 자유다: 350,400시간의 자유

60세 이후 100세까지 우리에게는 40년, 즉 350,400시간의 자유가 주어진다. 이러한 시간은 60세 이전에 교육을 받고 직장에 다니고, 가족을 부양하는 시간과는 양적·질적으로 많은 차이가 있다. 이제는 의무감을 강제하는 사람도 없고 주체할 수 없는 많은 시간이 주어지게 된다. 어떤 사람에게는 공포의 350,400시간이 될 수 있다. 축복의 시간은 아니더라도 너무 가난하지 않고, 천대받지 않고, 사회에 죄송스러운 마음을 가지지 않게끔 자신의 삶을 다시 계획할 필요가 있다.

자유란 각종 부담에서 벗어난 상태이기도 하다. 이 시기에는 가족 부양 의무에 대한 중압감에서도 벗어난다. 젊은 사람들은 힘들어서 죽고 나이 든 사람들은 심심해서 죽는다는 말이 있다. 축복의 350,400시간으로 만들기 위해 이제는 인생의 또 다른 전략이 필요하다.

100세 시대 현역

호주 시드니에서 태어난 아일린 크레이머는 젊은 시절 유명 발레단 단원으로 전국을 누비며 공연을 한 무용수다. 109세 때에도 현역으로 활동하고 있다. 고령에도 춤출 수 있는 에너지의 원천에 관해 묻자, "늙었다."와 "나이"라는 단어를 쓰지 않는다고 답했다. "저는 늙지 않았습니다. 그저 세상에 조금 오래 있었고, 그 와중에 몇 가지를 배웠을 뿐이죠."라고 말하기도 했다.

한때 일본 최고령이었던 118세 다나카 할머니는 라이트 형제가 최초 비행을 성공한 1903년에 태어났다. 118세 생일 아침에도 식사를 마친 후 본인이 가장 좋아한다는 콜라를 마셨다. 다나카 할머니는 1993년 남편과 사별한 후 90세에 백내장 수술을, 103세 때 대장암 수술을 이겨 냈다. 일본 언

론과의 인터뷰에서 매일 카페오레 캔 음료를 마시고 있다고 밝혔고, 노인의 날 행사 때 콜라를 들고 나타나기도 했다.

또한 손자가 초콜릿을 몇 개 드시고 싶냐고 묻자 100개라고 답을 해 주위 사람을 놀라게 했다. 또한 시간이 날 때면 보드게임의 일종인 오델로 게임을 즐기고 지는 것은 싫다고 하며 강한 승부욕을 보였다고 한다. 본인의 장수를 축하하기 위해 찾은 후쿠오카 시장에게 죽는다는 생각은 해 본 적이 없다고 말했다.

60대에게 자유란 무엇인가:
하고 싶은 일을 할 수 있는 자유

자유의 반대말은 무엇일까? 억압, 속박, 제약이다. 자유란 하고 싶은 것을 할 수 있는 것이며, 하기 싫은 일은 하지 않아도 되는 것이다. 자유는 어떤 상태를 말하며 개인의 자유와 권리를 강하게 이행하면 책임도 따르게 된다. 생계를 위해서 일하지 않아도 되는 자유, 하고 싶은 일을 할 수 있는 자유. 직장에서 퇴사한 후 가 보지 않은 길을 가야 하기에 두려움으로 걱정을 많이 하게 된다. 그러나 퇴직하면 가장 좋은 점이 자신의 시간을 가질 수 있다는 것이다. 직장생활을 하면 더 많은 부와 사회적 지위와 명예를 얻을 수 있다. 그러나 이러한 것들을 유지하기 위해서 정말 중요한 것을 포기해야 한다. 그것은 자유이다.

조금 더 돈을 벌겠다고 조금 더 높은 자리를 차지하겠다고 너무 자신을 굽히지 않아도 되며 자신이 하고 싶은 것을 하면서 살 수가 있다. 60세 이후에는 놀고, 공부하고, 재미있게 살아야 하고 꿈과 취미를 공유할 수 있는 친구가 필요하다. 또한 진정한 자유에는 당당함이 있어야 한다.

나는 누구인가: 명함

명함은 원래 중국에서 유래했다. 춘추 시대 사람인 공자도 명함을 사용했다. 그 시절에는 누구를 찾아갔다가 못 만나면 명함을 놓고 갔다. 우리나라에도 조선시대에 정초 세배를 다니다가 어른이 안 계시면 자기 이름을 적은 종이를 놓고 갔다. 우리나라에서 가장 오래된 명함은 구한말 민영익의 명함이다. 1883년 조선 보빙사 자격으로 공사관 개설차 미국, 유럽 방문 시 명함을 사용했다. 오늘날 서양에서는 사람을 찾아갔다 못 만나면 명함 한쪽을 접어놓고 가는 경우가 많다. 사교 목적으로 명함이 사용된 것은 프랑스 루이 14세 때부터라고 한다. 우리나라를 비롯한 동양권에서는 명함을 자신을 알리는 수단으로 활용하는 경우도 많다.

자식, 학생, 회사원, 엄마, 아빠로서 살아오다가 결혼으로 자식은 떠나고 퇴직으로 직장을 떠나면 다시 한번 '나는 누구인가?'라는 철학적인 질문에 빠진다. 이 외에 사회에서 위치를 잃어버렸을 때 사람들은 극히 심한 혼란을 겪는다. 이젠 나를 설명해 줄 명함도 없고 나를 명확히 소개할 그 무엇인가가 없다. 명함은 주로 시장에 '나'라는 상품을 내놓는 수단이다. 조직에 속해 있을 때는 조직의 이익을 위해 그 직위를 빌려 할 수 있는 능력을 드러내 보이는 역할을 한다. 또한 자유직 종사자라면 스스로 능력자임을 내보이기도 한다.

나를 남에게 어떻게 소개할 것인가, 그러나 비즈니스가 아니더라도 나를 설명할 것은 많다. 나의 취미, 관심 분야, 지금 하는 일 등을 작은 명함에 나타내어 사용하는 것도 좋다. 현재 근로소득을 얻지 않고 있을 뿐이지 금융소득, 자본소득, 기타소득을 얻고 있을 수 있고 한 분야의 전문가일 수 있다. 내면적인 자기 정체성을 확립하고 외면적으로 자신을 소개해 줄 수 있어야 한다. 그중 하나가 명함이다. 자기를 표현하는 명함을 만들어 건네 보자.

내 인생의 르네상스
다시 한번 올 것인가

인문주의 선구자 '프란체스코 페트라르카'는 고대 로마의 작품을 발굴하고 연구하여 고전에 대한 관심을 불러일으켰으며 이는 인문주의 운동의 중요한 시작점이 되었다. 이는 중세와 르네상스를 잇는 다리 같은 역할을 했다. 서양의 중세는 서로마 제국이 멸망한 5세기 말(475)부터 르네상스 시대와 종교개혁 시대 15~16세기까지 1,000년을 이야기한다. 중세의 그리스도교는 세속 권력과 투쟁, 마녀사냥, 종교재판, 인간 자유 억압과 획일적 절대복종을 주장했다.

르네상스는 인간 중심의 정신을 되살리려 한 일종의 시대적 정신 운동이며, 학문과 예술의 재생과 부활이 된 시기이다. 내 인생에서 다시 한번 창조적이 힘을 꽃피우는 행복한 시기가 도래하도록 해야 할 것이다.

당신은 자유로울 준비가 되었습니까: 돈, 건강, 외로움, 철학

시니어 세대에 접어든 사람에 필요한 것이 몇 가지가 있는데 그것은 돈으로부터의 자유, 건강, 그리고 외로움으로부터 자유이다. 여기에 덧붙여 나만의 철학이 있어야 한다. 그 철학에는 희망과 꿈이 포함된다. 노년의 삶이 공포가 아닌 축복까지는 아니더라도 평화롭게 살기 위해선 기본적으로 이 네 가지가 필요하다. 당신이 자유로울 준비가 되었는지 살펴볼 때다.

목표가 있는 삶

농구 경기에서 골대가 없이 진행된다면 어떻게 될까? 선수들은 뭘 해야 하는지도 모르고, 결과도 없다. 게임 내내 움직일 필요도 없고 결과도 없다. 단지 혼란만 있을 뿐이다. 인생에서도 마찬가지이다. 인생 1, 2막에서는 공부를 열심히 해서 좋은 대학을 가고, 좋은 직장에 들어가서 승진을 빨리하고, 주택을 구매하고, 자녀를 양육하기 위해 좋든 싫든 일을 할 수밖에 없다. 그러나 퇴직하게 되면 이러한 굴레에서 벗어나지만 의무감이 사라진 상태에서 허무함과 외로움이 쌓이게 된다. 이러한 상태를 누가 해결해 주지 않는다. 20~30년을 직장 생활했던 사람은 루틴이 없어져 헤매게 된다. 따라서 시간을 보내는 데도 계획을 짜야 한다. 이 또한 노력이 필요하다.

거창하고 돈을 버는 것이 아니더라도, 지금까지 살면서 진정 내가 하고 싶은 일들이 있을 것이다. 좀 더 건강해지고 싶고, 배우고 싶은 것을 배우며 즐겁게 살고 싶을 것이다. 세상은 넓고 하고자 하면 할 것은 많다. 독서를 하든, 문화센터에서 배우든, 걷기를 하든, 운동을 하든 주기적이고 지속적으로 할 수 있는 루틴을 만들어야 한다.

추구하는 삶의 방향은 다를 수밖에 없다. 사자와 가젤은 아침이 되면 뛰어야 한다. 잡아먹기 위해, 잡아먹히지 않기 위해서 서로 다른 목표를 가지고 살아가고 있다. 정신을 차리고 감각을 놓치지 않고 살아야 한다.

몸테크, 근테크: 건강

세계 보건기구는 건강을 "신체적으로 병이 없는 상태이면서 정신적, 사회적으로도 안녕인 상태."라고 정의한다. "돈을 잃으면 적게 잃는 것이고, 사람을 잃으면 많이 잃는 것이고, 건강을 잃으면 전부를 잃는 것이다."라는 말이 있다. 천하를 얻어도 건강을 잃으면 모든 것을 잃는다는 의미다. 그런데도 인간은 건강의 중요성을 곧잘 잊어버리고, 돈과 명예에 매달리는 실정이다.

물론 돈과 명예가 중요하다. 인간이 살아가는 데 기본적인 요소가 돈이고, 명예는 기본적 욕구이기 때문이다. 하지만 건강이 최고의 자산이라고 할 수 있다. 현대를 사는 사람에게는 돈도 사람도 건강도 모두 중요한데 건강한 정신에 건강한 육체가 깃들고, 정신이 건강한 육체는 사람을 부르고 사람은 돈을 가져온다. 이토록 중요한 건강, 무엇보다 우선해야겠다.

무병장수, 유병장수

인간은 누구나 생로병사의 과정을 거친다. 모두가 병이 없이 건강하게 오래 살기를 원하지만 그렇게 되기는 쉽지가 않다. 따라서 피할 수 없다면 몸이 아픔에도 불구하고 자신의 삶을 용감하고 행복하게 살아야 한다.

미움을 받지 않아야 오래간다

조선시대 시작 이후 전국에는 많은 양반가, 명문가들이 있었다. 하지만 동학, 한국전쟁을 거치며 부와 명예를 가진 가문 중에서 덕을 쌓지 않고 베풀지 않는 많은 가문이 화를 당했다. 집이 불타고 목숨을 잃었다. 부와 명예를 쌓는 것도 중요하다. 하지만 덕과 베풂에 인색하고 함께 사는 노력이 없을 때 때로 부와 명예는 화를 불러들이기도 한다.

베이비부머, 실버 세대

베이비부머 세대는 1955~1963년 사이에 태어난 1차 베이비부머 세대와 1964~1973년에 태어난 2차 베이비 세대로 나뉜다. 각각 705만 명, 954만 명으로 한국 인구수에서 2023년 기준 32.3%를 차지한다. 베이비부머 세대 자산 중에서 부동산이 차지하는 비중이 매우 높다. 1차 베이비부머 자산 4억 7,601만 원 중 부동산이 차지하는 비중은 69.0%(3억 2,866만 원)이다.

실버 세대는 흔히 65세 이상 노인층 세대를 뜻한다. 통계청에 따르면, 65세 이상 인구 비중은 올해 18.4%로 예상되며 2025년에는 20%를 넘어 초고령 사회로 접어들게 되며 2037년 31.9%, 2070년 46.4%로 늘어날 전망이다. 현대 실버 세대의 특징은 디지털 기기를 자유롭게 다루며 직접 정보를 구하고 투자에 적극적이라는 점이다. 한국보건사회연구원에 따르면, 실버 세대는 한국 순자산의 약 45%를 보유하고 있다. 2022년 12월 국민연금연구원 조사 보고서에 따르면, 부부 기준 적정 노후 생활비는 매월 277만 원이다. 보수적으로 잡으면 연간 4,000만 원의 노후 자금이 필요하다. 만약 자산 5억을 들고 60세에 은퇴한 베이비부머 은퇴자가 매년 4,000만 원씩 사용한다고 가정하면, 12.5년 뒤 72.5세에 통장 잔고가 바닥난다.

현재 한국의 기대수명은 83.6세이고, 임금근로자의 평균 퇴직 연령은 49.3세다. 은퇴 이후 30~40년을 더 살아야 한다. 완전히 바뀐 새로운 시대에서 새로운 인생을 살아야 하는 것이다. 실버 세대에게 필요한 것은 돈, 건강, 외로움 극복, 그리고 취미 등이다. 어느 하나 중요하지 않은 것이 없다. 하지만 사람이 기본적으로 먹고, 자고, 입고 살기 위해서는 돈이 필요하고 이러한 것을 이루기 위한 경제력은 매우 중요하다.

변하는 세상에 적응하기

세상에서 변하지 않는 것은 딱 하나 '세상 모든 것은 변한다.'라는 명제이다. 미국 철학자 조지 산타야나는 "과거를 기억하지 못하는 자는 과거를 되풀이할 수밖에 없다."라고 했다. 이제는 은행 업무나, 일상에 필요한 것들이 온라인으로 거래되고 있다. 그래서 모바일이나 컴퓨터를 활용해서 상거래를 할 수 없다면 불편하고 거래를 할 수 없는 경우도 있다. 따라서 기본적인 기기 다루는 법을 배워야 한다.

퇴직 후 정체성

퇴직 후 많은 사람들이 힘들어한다. 그동안 자신의 정체성을 대변해 준 명함이 없어지고 직장으로 맺어진 수많은 사람들과 단절됨으로써 느끼는 상실감, 기대했던 퇴직 후의 삶이 생각대로 되지 않아서 오는 혼란은 짧게는 1년 길게는 3년 이상 간다고 한다. 이에 대한 탈피가 필요하다. 어떤 이는 퇴직 전에는 상상하지 못한 단순 노무직에 종사하며 작은 임금이지만 만족하며 몸 건강과 사회 참여라는 의미를 두고 활동하고, 어떤 이는 그간 관심이 있었지만 바쁘다는 핑계로 하지 못했던 배움의 길로 정진하기도 한다.

아직 사회의 각종 모임에서는 자기를 소개하고 누구인지 알려야 할 경우가 있다. 관공서 같은 데서는 주민증이면 충분할 수 있으나 사적 모임에서는 자신이 누구인지 간단하게 소개할 필요가 있는데 그때는 명함이 있으면 편리하다. 굳이 직업을 갖고 있지 않더라도 관심 분야, 취미, 자격증 등 자신을 남에게 소개할 수 있을 정도면 상대방도 나를 이해하고 대화하기도 서로 편해질 것이다.

퇴직은 새로운 경험, 도전의 시간

직장에 다닐 때는 직장 일로 바쁘게 생활하다 보면 본인이 진정으로 좋아하는 일이 무엇인지 모르고, 설사 알더라도 바쁘다는 핑계로 하기가 쉽지가 않다. 그러나 퇴직 후에는 시간적 여유가 있기 때문에 할 수가 있다. 현재 105세인 김형석 교수는 『100세를 살아 보니』라는 책에서 인생의 황금기는 60세에서 75세라고 이야기하기도 했다. 그 정도 나이가 되면 자녀들은 다 출가했고, 돈 들어갈 곳도 없고, 하고 싶은 일을 하면서 살 수 있는 인생의 황금기가 온다는 것이다.

퇴직은 새로운 출발

끝은 또 다른 시작이다. 'The end is another beginning.' 이러한 새로운 시작을 어떻게 살아갈 것인가는 현재 우리가 어떤 선택을 하느냐에 따라 달라지겠지만 끝맺음과 시작의 결정에 대한 책임은 자신에게 있다. 퇴직(retire)이라는 새롭게 타이어를 갈아 끼우고 새롭게 출발해야 하는 시점에 중고차가 되어 폐차되는지 명차가 되는지가 결정된다.

품격 있는 시니어

오래된 와인을 늙은 와인이라 하지 않는다. 잘 익은 와인을 사람은 모두 좋아한다. 그에 맞는 가치를 가지고 있기 때문이다. 그렇다면 와인처럼 아름다운 시니어란 어떤 상태를 말할까? 품격 잃는 짓을 하지 않고 사랑과 여유로움으로 충만할 때 사람들은 아름답다고 하지 않을까?

행복을 위한 새로운 꿈

나는 나이 60대에 새로운 꿈을 꾼다. 주어진 환경은 받아들이는 것도 새로운 도전의 시작이다. 그렇다고 그것이 전부는 아니다. 새로운 것을 시작해 본다. 지금부터, 내가 무엇을 하면 행복할까. 요즈음 카르페 디엠, 파이어족 등 좀 더 빨리 경제적 자유를 얻어 자유로운 삶을 살고자 하는 마인드가 유행이다. 자기가 주체가 되어 자기가 꿈꾸는 삶을 살고자 하는 갈망, 주어진 틀에서 벗어나기 위한 몸부림, 행복하기 위한 노력이다.

누구나 행복할 권리가 있다. 누구도 그것을 방해할 수 없다. 꿈을 꾸고 있고 그 꿈을 이루려고 노력하는 자는 죽지 않는다. 후세에 무엇을 남고 갈 것인가 고민할 필요 없다. 자기 일은 스스로 충분히 준비하고 결정하고, 결정한 대로 살아라. 기존의 생각이나 말들을 의식할 필요가 없다. 그러려니 하고 살지 말고, 인생 2막, 3막에 대한 전략을 세워야 한다. 명품은 시간이 지날수록 빛이 나고 가치와 가격이 함께 올라간다. 인생도 마찬가지다 시간이 지날수록 가치를 더하는 명품 인생이 되도록 해야 한다.

줄탁동시(啐啄同時)

'줄탁동시'라는 한자성어가 있다. 여기서 줄탁은 병아리가 알을 깨고 나오려고 계란 껍데기를 쪼는 소리를 들은 어미 닭이 밖에서 부리로 알을 쪼아서 병아리의 부화를 도와주는 것을 말한다. 이 두 가지가 동시에 행해지므로 사제지간이 될 연분이 서로 무르익음의 비유로 쓰이기도 한다. 이는 사제지간뿐만 아니라 부모와 자식 간도 마찬가지다. 노력하는 자식과 이를 도와주려는 부모의 노력이 합해질 때 자식은 더욱더 편하고 힘차게 사회생활을 할 수가 있다.

계란도 남이 깨면 프라이가 된다. 하지만 자신이 알을 깨고 나오면 병아리가 될 수 있다. 이처럼 스스로 결심하고 과감하게 탈피하고 이루고자 할 때 비로소 얻고자 하는 세상을 맞이하게 되는 것이다.

지금이 청춘

여생 중에 지금이 가장 청춘이다. 물리적인 나이로 보면 청춘은 10대 후반에서 20대에 걸치는 인생의 젊은 나이를 뜻하지만 여생은 기준으로 하면 지금이 청춘이다. 새싹이 파랗게 돋아나는 봄처럼 지금이 가장 젊고 푸른 시대인 것이다.

애덤 리바인의 노래에 "God, tell us the reason youth is wasted on the young."이라는 가사가 있다. 이 가사는 청춘이 가진 아름다움을 알지 못하고 날려 버린 젊은 시기에 대한 아쉬움을 표현하고 있다. 나이라는 숫자로 청춘을 재현하는 것에 도전할 필요가 있다. 청춘은 살아가고 싶은 방향성을 위해 시도하고 실패도 하면서 새로운 세상에 적응도 하고 아름답게 살아간다.

퇴직 후 어쩌면 20대쯤 겪었을 청춘의 아픔, 그 내용은 다르지만 새롭게 펼쳐진 환경에서 아파하고 정답을 찾아가는 과정이다. 이때의 청춘 시기를 잘 견디고 방향성을 잘 잡고 노력해야 제2의 화양연화를 누릴 수가 있다.

지지 않는 꽃은 없다

권불십년, 화무십일홍, 부자 3대 못 간다는 말이 있다. 아무리 권세가 하늘 찌를 듯이 높아도 10년을 가지 못하고 아무리 화려하고 예쁜 꽃도 열흘 동안 붉게 피어 있는 경우는 없다는 뜻으로 막강한 권력도 언젠가는 무너진다는 뜻이다. 1대는 자수성가를 했기 때문에 망할 염려가 없고, 재산 모으는 과정을 지켜본 2대도 현상 유지는 해 나갈 수 있지만 세상 물정 모르고 자란 3대는 관리를 못 해 유산을 지키기가 쉽지 않다. 삼대 정승이 없고 삼대 거지가 없다는 말이 있다. 영원한 것은 없으니 노력하고 정성을 들이면 별 들 날이 올 것이다.

초고령 사회

인구 구조가 급격히 변화하고 고령화되고 있다. 유엔(UN)은 65세 이상 인구 비율이 20%를 넘어서면 초고령 사회로 분류한다. 통계청에 따르면, 한국은 2025년이면 초고령 사회에 진입한다. 인구 중 65세 이상 고령 인구가 차지하는 비중은 2036년 30%, 2050년 40%로 늘어날 것으로 예측되며, 2072년 한국은 인구의 절반(47.7%)이 65세 이상 노인이 된다. 이미 55~79세 인구가 1,500만 명에 이를 정도로 인구의 노령화가 급속히 진행되고 있다.

멋진 삶을 살기 위해서는 건강과 돈이 필요하다. 또한 재미있고 즐겁게 살기 위해서는 이에 대한 깊은 성찰이 필요하다. 첫 직장을 얻기 위해 30여 년을 준비했듯, 60대에는 나머지 귀중한 40~50년을 준비하기 위해 고민하고 노력할 가치가 충분히 존재한다. 또한 모든 인간은 후손들이 번창하고 잘되기를 바랄 것이다. 따라서 수백 년간 부귀화 영화를 누렸던 세계적 명문 가문에서 교훈을 얻을 수 있고 성공한 장수 브랜드에서도 배울 점을 찾을 수 있다. 익어 가는 와인에서 풍요로운 향기를 느끼듯 나이 들수록 멋스러움을 더해 가는 멋진 인생에서 행복함을 느낄 수 있다. 모두가 건강하고 행복한 60대가 되기를 기원한다.

액티브 시니어

50~60대를 시니어 세대라 부른다. 과거에는 60대 이상을 노인 세대라 불렀다. 하지만 요즈음 시니어라는 단어를 쓰면서 50~60세대를 액티브 시니어라고 하기도 한다. 50~60대 시니어 세대는 1970년대 이전 세대다. 보릿고개를 겪어 보았으며, 1980년대에 대학을 다니며 학생운동, 민주화 운동을 겪었던 세대다. 1988년에는 올림픽에 열광했고, IMF 위기로 좌절하는 모습을 보았고, 한국 경제의 중심에 서서 국내외에서 경제 발전과 국위 선양을 한 자랑스러운 세대이기도 하다. 현재는 은퇴했거나 은퇴해야 하는 나이가 되었다. 30년 가까이 직장 생활을 한 후 퇴직하고 홀로서기를 해야 하는데, 할 수 있는 게 많지 않다. 하지만 새로운 삶을 훌륭하게 개척해 가는 사람들도 많다.

과거 학교를 졸업하고 첫 직장을 잡기까지 거의 20년을 교육받고 졸업해서도 공부하며 더 좋은 삶을 노력했다. 하지만 50~60대에 퇴직하고 앞으로의 나머지 40~50년을 어떻게 살 것인지에 관해 충분히 고민하고 공부하지 못하고 바로 또 다른 사회에 부딪히게 된다. 인생 2~3막을 멋지고 액티브하게 살기 위해서는 먼저 건강해야 하고, 또 자산을 잘 관리해야 한다. 또 외롭지 않게 즐겁고 재미있게 살기 위한 준비가 필요하다. 인구 구조 변화와 함께 부모와 자식 간 생각하는 의식도 과거와 다르게 변화하고 있다. 과거 55세쯤 퇴직하고 65세에 생을 마감하는 시대가 아니라 55세쯤 퇴직하여 90~100세까지 수명이 연장되어 퇴직 후 40~50년을 스스로 부양해야 하는 시대가 돌입할지도 모른다.

솔개의 환골탈태

60세가 넘으면 많은 환경이 변하게 된다. 환경에 맞추어 변해야 하고 자신의 자산을 리모델링하고 어떤 것은 리프레싱 해야 한다. 나이 들어서 변하는 환경에서 잘 생존하기 위해서는 자신도 변해야 하는 것이다.

전해오는 전설에 따르면, 독수리는 70살 정도 살 수 있는 장수 조류다. 독수리는 40세가 되면 부리가 구부러지고 발톱은 닳아서 무뎌지며 날개는 깃털이 무거워져 사냥은커녕 하늘로 날아오르는 힘든 상황이 된다. 이때 독수리는 중요한 선택을 한다. 그냥 그대로 죽을 날을 기다리던지 새롭게 태어나는 과정을 통하여 새로운 삶을 살 것인지. 변화를 통한 새로운 길을 선택한 독수리는 바위산에 둥지를 틀고 바위를 쪼고, 쪼아서 낡은 부리를 떨어뜨린다. 그러면 그 자리에 튼튼한 부리가 돋아난다. 그러면 그 새 부리로 발톱 10개를 모두 뽑아 버리고 새로 발톱이 돋아나게 한다. 그리고 이번에는 깃털을 뽑아낸다. 일 년이 지나면 새 깃털이 돋아나 솔개는 완전히 새로운 모습의 독수리로 다시 태어난다. 이제 다시 하늘로 힘차게 올라 사냥도 하고 활기차게 30년의 수명을 누리게 된다.

인생도 마찬가지가 아닐까? 독수리의 부리가 구부러지고 발톱도 무뎌지고 몸도 무거워지는 것처럼 사람에도 신체적 정신적으로 변화가 온다. 변하고 준비하지 않으면 희망이 없는 삶을 살게 된다. 이러한 상황을 극복하고 나머지 인생을 최대한 활기차게 살기 위한 노력이 필요하다.

인생 다모작 준비

생명 연장의 기술과 의학의 발달로 기존 나이와 삶의 관계를 새롭게 정립할 필요가 생겼다. 김형섭 교수는 100세를 넘겨서도 건강하게 살아가고 계신다. 60세에서 75세 이후가 인생의 황금기라 했으며, 100세를 살면서 가장 아쉬웠던 점은 70세에 나이가 들었다고 배우고 싶은 배우지 않은 것이라 했다.

- 인생 일모작: 태어나고 성장하고, 학교를 졸업하고, 직장 생활을 함
- 인생 이모작: 50~60세 전후하여 오랫동안 다녔던 회사에서 퇴사하고 이후에 75세 전후 시기
- 인생 삼모작: 75세 이후 건강하고 행복하게 살기

이제는 인생이 삼모작이라 생각하고 장기적 인생 전략을 세울 필요가 있다.

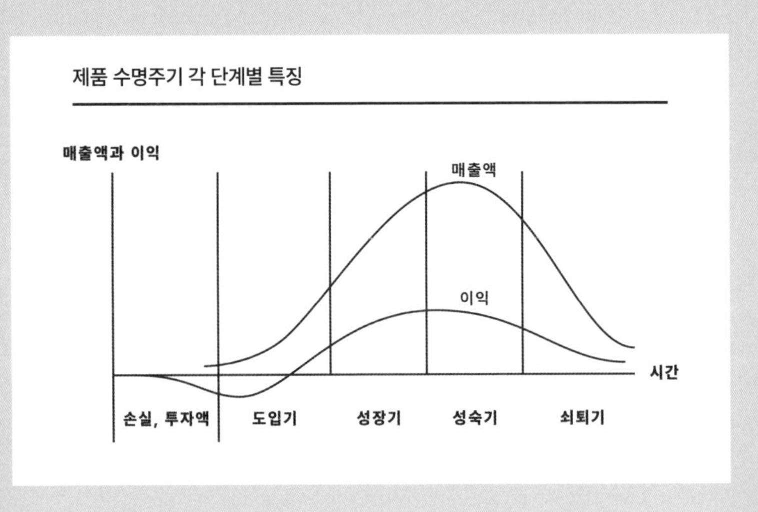
제품 수명주기 각 단계별 특징
매출액과 이익
매출액
이익
시간
손실, 투자액
도입기
성장기
성숙기
쇠퇴기

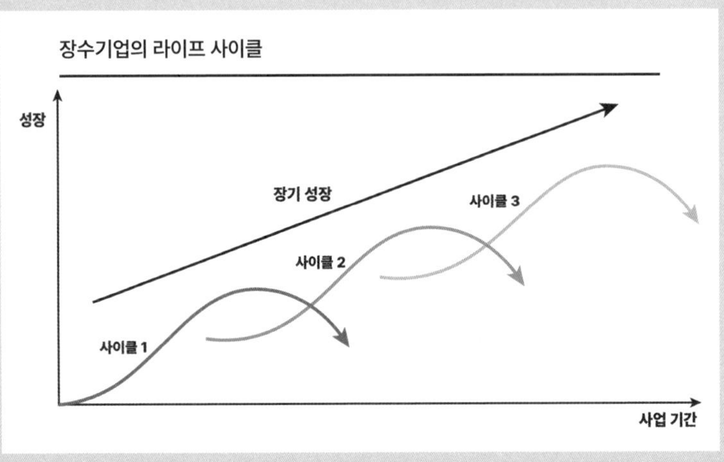
장수기업의 라이프 사이클
성장
장기 성장
사이클 3
사이클 2
사이클 1
사업 기간

인생 두 번째
화양연화(花樣年華)

화양연화란 '인생에서 가장 아름답고 행복한 시간'이라는 의미다. 앞으로의 남은 시간을 생각한다면 지금이 화양연화가 아닐까? 인생에서 가장 행복했던 시기는 언제였나 생각해 보면 결혼하고 자식이 태어나고 집을 사고 건강한 몸으로 열심히 생업에 종사하던 젊은 시절이 떠오른다. 하지만 그 단계 단계마다 많은 고민과 어려움이 있었다. 그러면 노후에서의 화양연화는 언제이고 어떻게 사는 것이 가장 아름답고 행복한 시간이 될 것인가. 노후 여생은 자기 스스로 그런 순간들을 만들어 가야 한다. 그리고 이는 빠르면 빠를수록 좋다.

인생 모작의 의미

모작이란 1년에 같은 토지에서 수확하는 횟수를 일컫는 말이다. 수확하는 횟수가 한 번이면 일모작, 두 번이면 이모작, 세 번이면 삼모작이라 한다. 최근 청양군에서 1~5월에 수박을 재배하고 6월 극조생 벼 품종 '빠르미'를 심은 후 8월에 수확하고 8월에 다시 심어 11월에 두 번째 수확을 마침으로써 수박-벼-벼 재배 시스템을 완성하여 삼모작 시대를 열었다.

사람들은 태어나서, 공부하고, 직업을 가지고 퇴직하기까지의 과정을 일모작으로 본다. 이는 전통적인 한 사람의 인생이다. 그러나 현재는 의술의 발달로 수명이 급격히 늘어나고, 액티브 시니어들의 인식이 바뀌었다. 그럼으로써 인생 이모작, 삼모작이라는 이야기가 회자되고 있다. 이제는 하나의 라이프 사이클이 끝났다고 모든 것이 마무리되는 것이 아니다. 환경이 바뀌면 모든 동물은 적응을 거쳐 생존하게 되고 나름 오래 잘살게 되는 것이다.

인생도 리프레싱이 필요하다

모든 명품은 성장, 성숙. 쇠퇴기를 거치게 된다. 쇠퇴기를 거쳐 사라지는 브랜드도 있지만 리프레싱을 통하여 새롭게 태어나는 브랜드도 있다. 미국 K사의 시리얼은 1900년도 초반에 출시되어 100년이 넘게 살아남은 장수 브랜드가 되었다. 장수 브랜드는 제품 자체가 지속적으로 시장 수요를 충족시키거나 소비자가 선호하는 차별점을 가지고 있거나, 최고, 유일의 무언가를 가지고 있는 것이 특징이다.

인생도 마찬가지이다. 사람은 태어나서 성장, 성숙, 쇠퇴하는 사이클을 가지며, 사이클을 1회전 하고 인생이 끝난다고 생각하고 있다. 이 단계마다 더 나은 단계로 도약하는 것에는 관심이 있지만 이러한 사이클이 인생에서 여러 번 올 수 있다는 인식은 별로 하지 않는 것 같다. 100세 시대, 길어진 삶의 시간만큼 인생 삼모작으로 나누고 모작마다 사이클을 새롭게 가져갈 필요가 있다.

카르페 디엠

카르페 디엠은 라틴어로 "carpe"와 "diem"으로 이루어진 단어다. "carpe"는 "뽑다, 움켜쥐다."라는 뜻의 동사 "carpo"의 명령형이다. 이 말은 기원전 1세기 로마의 시인 호라티우스의 시 "Odes"에서 처음 등장했다. 이 시는 로마의 황제 아우구스투스 치하의 평화로운 시기에 쓰였는데, 그 속에서 호라티우스는 인생이 덧없음을 깨닫고, 지금 이 순간을 충실하게 살아야 한다는 메시지를 전하고 있다. 카르페 디엠은 이후 서양 문화에 널리 퍼져서, 오늘날에도 "현재를 즐기고, 인생을 만끽하라."는 의미로 자주 사용된다.

영화 죽은 시인의 사회에서 키팅 선생이 학생들에게 외치게 했던 카르페 디엠! 미래를 위해 현재를 저당 잡히지 않겠다는 욜로(Yolo, You Only Live Once)와 같은 의미이다. 파이어족, 좀 더 빨리 경제적 자유를 얻어 자유로운 삶을 살고자 하는 태도가 유행이다. 자기가 주체가 되어 자기가 꿈꾸는 삶을 살고자 하는 갈망이 있는 것이다. 누구나 행복할 권리가 있으며, 이는 아무도 방해할 수가 없다. 꿈을 꾸고 그 꿈을 이루려고 노력하는 자는 죽지 않는다. 후세에 무엇을 남기고 갈 것인가 고민할 필요 없다. 자기 일은 스스로 충분히 준비하고 결정하고, 결정한 대로 살면 되는 것이다.

흔들리지 않는 삶: 무소의 뿔처럼 혼자서 가라

"소리에 놀라지 않는 사자 같이, 그물에 걸리지 않는 바람 같이, 흙탕물에 더럽혀지지 않은 연꽃같이, 무소의 뿔처럼 혼자서 가라." 살면서 주위의 소리, 환경 등에 모두 반응한다면 삶이 크게 흔들릴 수밖에 없다. 흔들리면 괴로워지고 자기가 원하는 삶, 계획된 삶이 흔들릴 수밖에 없다. 흔들리지 않고 자기만의 삶의 철학을 지키며 꿋꿋이 자기의 삶을 살아가야 행복해지는 것이다.

현대사회는 다양한 채널을 통하여 알게 되는 정보의 홍수 속에 살고 있다. 물론 이러한 정보가 각 개인 생활에 직·간접적으로 영향을 주기도 하지만 이 모든 사실에 귀 기울이다 보면 피로감과 혼란이 가중되어 흔들리는 삶을 살게 되는 것이다. 인생을 살면서 2막 혹은 3막에 들어서기 전 갖은 풍파를 겪어 보고 시행착오를 겪은 시니어들은 이미 철학적·정신적 가치판단은 이미 가지고 있다. 이 가치판단을 흔들지 말고 무소의 뿔처럼 혼자서 가야 한다.

2장

내가 행복해야
세상이 행복해진다

나 자신에게
잘해줘야 하는 이유가 뭘까?

어쩌면
지겨운 오늘 하루 몇 분이
어떤 사람에게는 정말 아쉽고
소중한 시간이기 때문이다.

감사와 따뜻한 위로

세상에는 혼자 힘으로 이룰 수 있는 것이 없다. 농사를 지어도 땅과 비와 곤충의 도움이 필요하다. 이처럼 인간도 태어나고 살아가는 과정에서 주위의 많은 도움과 배려를 받는다. 유대인은 교육, 문학, 경영, 과학 분야 등에서 세계적인 업적을 남겼다. 이러한 유대인의 저력은 어디에서 나오는 것일까? 많은 요인이 있지만 가장 기본적인 요인은 감사이다.

유대인 부모는 아이에게 이를 닦는 것을 배우기 전부터 '감사 기도'를 가르친다. 하루를 시작하면서 "나는 감사합니다."라는 기도를 평생 하며 산다. 태어나면서 죽을 때까지 감사를 하며 사는 사람들이다.

"감사는 인간이 존재하는 놀라움을 깨닫게 해 준다. 우리가 감사하는 마음으로 세계를 바라볼 때, 삶의 보물을 발견하고, 그 속에서 더 많은 기쁨을 느낄 수 있다."

걱정 많이 하지 않기

현대사회는 끊임 없는 경쟁과 변화 속에서 미래에 대한 걱정과 두려움을 느끼게 되고, 걱정은 우리의 삶에 부정적인 영향을 미칠 수 있다. 걱정을 완전히 없애는 것은 어려우며 억누르려고 하면 역효과가 생긴다.

걱정을 많이 하지 않는 방법으로는 첫째, 긍정적인 사고방식을 유지하는 것이다. 감사하는 마음을 가지고, 자신과 주변 사람들에게 긍정적인 말을 하도록 한다. 긍정적인 사고방식은 스트레스를 줄이고 긍정적인 결과를 가져온다. 둘째, 현실적인 사고를 하는 것이다. 걱정의 대부분은 현실적인 근거가 없는 두려움에서 비롯된다. 걱정하는 일이 실제로 일어날 가능성이 얼마나 되는지, 그리고 만약 일어난다면 어떻게 대처해야 하는지 생각해야 한다. 셋째, 건강한 생활 습관을 유지하는 것이다. 규칙적인 운동은 스트레스 해소와 기분 전환에 효과적이다. 또한 자신이 좋아하는 취미활동을 하는 것은 스트레스 해소와 휴식에 도움이 된다.

걱정은 우리 삶의 일부분이다. 우리는 끊임없이 다양한 일들에 대해 걱정한다. 하지만 지나친 걱정은 스트레스와 불안을 야기하여 오히려 삶의 질을 떨어뜨릴 수 있다. '걱정해서 걱정이 없어지면 세상에 걱정할 것이 없겠네.'라는 말이 있다. '이 또한 지나가리라.' 하고 생각하고 긍정적인 생각을 가지고 사는 것이 중요하다.

걱정 줄이기

미국 심리학자 어니 젤린스키는 "걱정의 96%는 쓸데없는 것에 불과하다. 나머지 4%는 우리가 해결할 수 없는 것에 대한 걱정이다."라고 말했다. 또한 미국 작가 윌 로저스는 "걱정은 흔들의자와 같다. 계속 움직이지만 아무 데도 가지 않는다."라고 했다. 걱정에 대해 다양한 생각들이 있지만, 걱정이 지나치게 심해지면 건강에도 좋지 않다.

걱정을 해결하는 방법은 다음과 같다.

1. 걱정을 적극적으로 받아들이기: 걱정을 무시하거나 숨기지 말고, 적극적으로 받아들이고, 그것이 어떤 것인지 분석해 보기
2. 문제를 해결하기 위한 계획 수립

3. 걱정의 대상을 명확히 하기: 걱정의 대상이 명확해지면 걱정이 줄어들 수 있다.
4. 걱정의 대상을 바꾸기: 다른 것에 집중하면 걱정이 줄어들 수 있다.
5. 걱정의 대상을 완전히 바꾸기: 걱정의 대상을 바꾸면 걱정이 줄어들 수 있다.
6. 걱정의 대상을 다른 사람과 공유하기: 다른 사람의 조언을 들으면 걱정이 줄어들 수 있다.

"걱정해서 걱정할 일이 없으면 걱정할 일이 없겠네."라는 말도 있다. 이 또한 지나가니 너무 걱정하지 말고 살아야겠다.

그럼에도 불구하고

인생 60세를 넘기면 푸르른 젊은 시절 건강한 신체에서 오는 상쾌함을 느끼기가 쉽지 않다. 영원할 것 같았던 직장과 동료들과 이별, 돈의 궁핍, 정신적 외로움, 건강 문제, 그럼에도 불구하고 인생은 즐겁게 잘 살아 내야 한다. 나이가 들면서 육체적, 정신적으로 어려움을 겪는 것은 자연스러운 일이다. 이런 어려움에도 불구하고 긍정적이고 의미 있는 삶을 살아가야 한다.

규칙적인 운동, 규칙적인 검진을 통하여 건강 관리를 잘해야 하고, 새로운 취미활동이나 소중한 사람들과의 관계 유지를 통하여 사회 참여를 해야 한다. 또 긍정적인 태도를 유지하고 감사함을 표현하여 정신 건강을 관리하고, 새로운 것을 배우고 도전하며, 멘토링이나 자원봉사 등을 하면 좋다. 이러한 일들을 통하여 변화하는 삶에 맞추어 자신에게 맞는 방법을 찾아 긍정적이고 활기찬 삶을 살아가야 한다.

나만의 놀이 공간: 슈필라움

슈필라움은 내 마음대로 할 수 있는 나만의 놀이 공간을 뜻하는 말로, 타인에게 방해받지 않고 휴식을 취하고 여유를 가질 수 있는 공간을 의미한다. 독일어 놀이(슈필)와 공간(라움)을 합쳐 만든 말이다. 스페인어 '케렌시아'는 안식처라는 뜻으로 몸과 마음이 지쳤을 때 잠시 휴식을 취하며 지친 심신을 재충전하는 공간을 가리킨다.

작은 공간이라도 혼자 있어도 지겹지 않고, 마음껏 자신을 드러내며 새로운 삶을 꿈꿀 수 있는 공간이 필요하다. 어떤 이는 공기 맑고 나무가 많은 산 중턱에 나만의 작은 집을 짓고 힐링을 하기도 하고, 어떤 이는 한적한 어촌 철 지난 바닷가에서 넓고 푸르른 바다를 바라다보며 지내기도 하고, 어떤 이는 아름다운 강가를 다니며 수석을 찾아다니기도 한다. 아파트의 작은 공간에서 창밖을 내다보며 차 한 잔 즐길 수 있다면 그 또한 슈필라움이라 할 수 있다.

내 주위에 최후로 남는 1인은 자기 자신과 배우자: 배우자의 중요성

나이가 들어 감에 따라 인간관계도 많이 변한다. 평생 갈 것 같았던 친구도 떠나고, 평생 내 안에서 나의 의지대로 효도만 할 것 같았던 자식도 떠나고 결국 나에게 최후까지 남아 있는 것은 배우자와 자기 자신이다.

친구도 건강, 경제적 삶에 대한 인식 변화로 자주 만나지 못하게 되고 떠나게 되는 것이다. 자식도 내 품 안에 있을 때 부모가 생각하는 바대로 어느 정도 영향을 미칠 수 있지만 결혼하게 되면 자식도 처, 자식을 부양해야 하는 가장이 되는 것이다. 그렇게 되면 부모 입장에서는 아쉽지만 제2순위임을 인정해야 하는 시기가 온다. 가장 확실하게 최종적으로 자신에게 남는 것은 자기 자신과 배우자뿐이다.

내가 인생의 주체가 되는 삶

다른 사람의 생각이나 명령에 따라 좌지우지되는 삶을 살아서는 안 된다. 새로운 100세 시대, 이제는 생각을 바꿔야 하고 삶의 전략도 바꿔야 한다. 인생에서 내가 원하는 것이 무엇인지 명확하게 결정한 후 이것을 이룰 수 있게 계획을 세우고, 목표 이외 나머지 것은 어느 정도 기꺼이 희생할 수 있어야 한다. 그리고 실패하더라도 영원한 실패로 받아들여서는 안 된다. 시간은 우리가 원하는 물질적인 것을 실현해 주는 자산이다. 시간을 계획적으로 쓰고 낭비해서는 안 된다. 그리고 원하는 것을 스스로 쟁취할 수 있다는 신념을 가져야 한다. 다른 사람에게 휘둘리지 않고 내가 주체가 되는 삶을 살아야 한다.

내가 행복해야 세상이 행복해진다

각자가 행복함을 추구하는 시대이다. 과거에는 너로 인해 행복했고 너를 위해 희생했지만 이제는 내가 행복해야 하고 나를 위해 투자해야 한다. 누가 이에 반대할 것인가. 부모가 건강해야 자식의 부담이 줄어들고, 부모가 행복해야 자식이 걱정하지 않는다. 자식이 늙은 부모를 직접 부양할 생각이 없고, 자식으로부터 부양을 받을 생각이 없는 시대에, 내가 행복해질 방법은 스스로 찾아야 한다. 각자도생의 시대, 행복해지기 위해서 무엇이 가장 필요할까?

네덜란드 풍차:
긍정의 에너지 생산

네덜란드에는 "바람이 불면 어떤 사람은 풍차를 설치하여 동력을 얻어 활용하고, 어떤 사람은 바람을 막는 벽을 쌓는다."라는 속담이 있다. 어떤 상황에서도 소통하고 긍정적 에너지를 생산하는 것은 생각의 전환으로 가능하다.

마음은 청춘

이제는 인생 100세 시대이다. 계절로 표현하면 25세까지는 '봄'이며, 50세까지는 '여름'이며, 75세까지는 '가을'이며, 100세까지는 '겨울'이라고 한다. 육체적 나이보다 중요한 것이 정신적인 나이다. 청춘이란 인생의 어떤 기간이 아니라 마음의 상태를 말한다(Youth is not a time of life). 그래서 때로는 20세 청년보다도 70세 노년이 더 청춘이다. "마음이 청춘이면 몸도 청춘이 된다."고 했다. 몸은 늙었지만 마음은 아직 청춘이다.

미국의 해리 리버만은 76세에 처음으로 붓을 들고 81세에 본격적으로 그림 공부를 시작했다. 주위에서는 너무 늦은 나이라고 비웃기도 했지만 그녀는 열정적으로 그림 공부를 했다. 해리 리버만은 101세에 22번째 전시회를 가졌다. 그녀는 "일흔이든 여든이든 아흔이든 나이 많이 먹은 사람들에게 이 나이가 아직 인생의 말년이 아니라고 말하고 싶다."라고 했다. 앞으로 몇 년을 더 살지 모른다고 생각하지 말고 내가 여전히 일을 더 할 수 있을지를 생각한다. 그녀는 마지막으로 1983년 103세에 행복한 삶을 마쳤다.

나이가 들면 어떻게 사는 것이 가장 좋은 삶일까? 항상 젊은 마음을 가지고 끊임없이 새로운 일에 도전하면서 바쁘게 사는 것만이 젊음과 건강과 장수의 비결이다. 유대계 미국 시인 사무엘 울만은 일찍이 그의 유명한 시(詩) 「청춘(Youth)」에서 이렇게 노래했다. "청춘이란 인생의 어떤 기간이 아니라 마음의 상태를 말한다(Youth is not a time of life, it is a state of mind)." 때로는 20세 청년보다도 70세 노년에 청춘이 있다. 나이를 더해가는 것만으로 사람은 늙지 않는다. 이상과 열정을 잃어버릴 때 비로소 늙는다. 96세로 타계한 세계적인 경영학자 피터 드러커는 타계 직전까지 강연과 집필을 계속했다.

멋진 노신사:
잘 물든 단풍은 꽃보다 아름답다

요즘 나이 들어 모임에 가 보면 건배사로 "빠삐용!"을 많이 외친다. 모임에 빠지지 말고, 삐지지 말고, 서로 용서하자는 의미이다. 나이가 들면 정신적으로도 육체적으로도 게을러져서 모임이 귀찮아지고, 자기에게 조금 섭섭하게 하면 삐지기 쉽다. 나이 들어 대접받는 비결이 있을까?

첫째, 용모를 단정히 해야 한다. 젊었을 때는 거적때기만 걸쳐도 빛났다. 그러나 머리 희끗희끗해지는 노년에는 제아무리 비싼 옷을 걸치더라도 태가 나지 않는다. 젊었을 때보다 꼼꼼하게 용모 관리를 해야 한다.

둘째, 많이 듣고 적게 말하라. 나이 들어 장광설은 듣기에도 좋아 보이지 않는다. 모임의 분위기를 저해하고 상대방을 지치게 한다. 상대방이 하려는 말을 최대한 경청하고 맞

장구를 쳐 주면 환영을 받을 것이다. 젊은이가 먼저 찾아와 조언을 구할 때 인생의 경험에서 묻어난 삶의 지혜를 전수하면 된다.

셋째, 많이 참석하라. 나이가 들수록 활기가 줄어들고 몸이 무겁고 기운이 저조하니 쉬고 싶을 때가 대부분이다. 우두커니 집에 머물고 대외 활동을 피하면 육체가 무력해지고 정신마저 태만과 게으름의 덫에 빠진다. 동창회, 과거 회사모임 등 익숙한 모임과 다양한 연령대의 모임이면 더욱 좋다.

넷째, 쾌활한 분위기를 유지하라. 밝은 사람은 누구나 좋아한다. 주위의 분위기를 활달하게 해 주기 때문이다. 언제나 밝게 웃으려고 노력하라.

다섯째, 지갑을 열어라. 돈에 대한 집착을 덜어 내야 한다. 그리고 지갑 여는 일을 망설이지 마라. 지갑을 열수록 환대받는다.

여섯째, 근육 운동을 하라. 근육 운동은 필수이다. 근육이 탄탄한 노년은 본인 건강에도 좋고, 주변에서 보기에도 멋있어 보인다.

잘 물든 단풍은 꽃보다 아름답다.

메멘토 모리(Memento Mori)

메멘토 모리는 라틴어로 "네가 반드시 죽는다는 것을 기억하라."는 뜻이다. 이는 단순히 죽음을 두려워하라는 의미가 아니라, 유한한 삶의 소중함을 깨닫고 현재를 최대한 살아야 한다는 의미를 담고 있다. 죽음을 의식함으로써 우리는 삶의 방향성을 잃지 않고, 진정으로 의미 있는 삶을 추구할 수 있게 된다. 또한, 현재 삶의 소중함을 일깨워 주고, 후회 없는 삶을 살도록 동기를 부여한다. 오늘 하루, 잠시 멈춰서 메멘토 모리를 생각하는 것은 어떨까?

방하착(放下着)

방하착이란 “집착하는 마음을 내려놓는 것, 또는 마음을 편하게 가진다.”라는 뜻이다. 또한 더 이상 버릴 것이 없을 만큼 완전히 내려놓는 것을 말하는데, 이러한 경지에 이르면 인간의 고통에서 벗어나 자유로운 삶을 살 수가 있다는 것이다. 모든 것을 내려놓지 못하더라도 무소유의 정신으로 과욕, 과소비를 줄이고 평화롭게 살자.

버리기

물질적인 것에서 새로운 물건을 얻으려면 낡거나 불필요한 물건을 버려야 한다. 더 큰 집으로 이사하려면 오래된 집을 팔아야 하고, 새로운 옷을 사려면 낡은 옷을 버려야 한다. 새로운 경험을 하려면 종종 편안함을 포기해야 한다. 여행을 떠나려면 집에 머무는 것을 포기해야 하고, 새로운 취미를 시작하려면 다른 활동에 할애하는 시간을 줄여야 한다. 새로운 생각을 받아들이려면 종종 오래된 생각을 버려야 하며, 최고의 자신이 되려면 종종 과거의 자신을 버려야 한다. 편안함에 머물러 있거나 과거에 집착하는 것은 종종 우리가 원하는 것을 방해한다. 새로운 것을 받아들이고 성장하기 위해서는 우리는 때때로 우리 자신에게서 벗어나야 한다. 버려야 새로운 것을 얻을 수 있다. 열매를 버려야 화려한 꽃을 피울 수 있고, 강을 버려야 바다에 다다를 수 있듯이 세월이 흐름에 따라 자연의 섭리에 따라 변해야 새롭게 얻을 수 있다.

보생와사(步生臥死): 건강

건강하게 장수하는 것이 중요한데 아프고 병든 상태에서 장수하는 비율이 매우 높다. 또한 나이가 들수록 전체 생활비 중에서 의료비 비중이 점차로 커지고 근력이 빠져나가면 건강이 나빠진다. 몸 관리를 잘하면 생활을 잘할 수 있지만 아프면 힘들고 비용은 비용대로 많이 들어가는 악순환이 된다. 보생와사(步生臥死), 즉 "걸으면 살고 누우면 죽는다."는 말이 있다. 20~30대는 누구나 젊은 혈기로 무한히 신체 건강할 것으로 생각하지만 덧없는 세월에는 장사가 없다. 보생와사는 '걸산누죽'라고도 한다. 걸으면 살고 누우면 죽는다는 것이다. 『동의보감』에서는 식보보다 행보라고 했다.

미국 아이오와 주립대학교의 연구 결과에 따르면, 하루

에 5분만 패스트 워킹과 러닝을 해도 심장 건강을 좋게 하고 사망 위험을 낮춘다고 했다. 또한 매일 꾸준히 워킹하는 습관이 있는 사람은 심장 관련 질환으로 45% 낮았고 평균 3년 정도 더 사는 것으로 나타났다고 했다. 걷기는 심혈관과 심폐 기관과 기능 유지를 도울 뿐만 아니라 순환계의 활력을 유지한다.

일본인 의사 나가노 가즈히로 박사가 쓴 『병의 90%는 걷기만 해도 낫는다』는 책에서 100년 전의 사람들은 살아가기 위해서 하루 3만 보를 걸었다고 한다. 지금은 어떨까? 걷지 않고 음식이 바뀌면서 건강을 잃게 되고 병이 들 수도 있다. 사람들은 아파서 못 걷는 것이 아니라 걷지 않아서 아픈 것이다. 나가노 가즈히로 박사는 "오늘도 나는 산에서 걷는다. 경쟁하듯 하지 않고 천천히 오르고 내린다."라고 썼다. 한국의 이시영 박사는 건강하려면 자연치유력, 즉 면역력을 높여야 하는데, 그 방법 중 하나가 최소한 걷기 30분이라도 하라고 권장한다. 오늘도 즐겁게 걷자.

부모가 행복해야
가족이 행복하다

부모의 행복이 자녀에게 미치는 영향은, 첫째, 정서적 안정감을 준다. 행복한 부모는 자녀에게 안정적이고 사랑스러운 환경을 제공한다. 둘째, 건강한 관계를 형성한다. 부모는 자녀에게 사랑, 존중, 소통의 중요성을 보여 준다. 이는 자녀가 다른 사람들과 건강한 관계를 형성하는 데 도움이 된다. 셋째, 긍정적 사고방식을 가질 수 있게 한다.

행복한 부모는 긍정적이고 낙관적인 태도를 가지고 있다. 이는 자녀가 긍정적 사고방식을 배우고 어려움을 극복하는 데 도움이 된다. 부모의 행복은 가족 행복의 중요한 요소이다. 부모가 행복할 때 자녀는 더 안정적이고 건강하며, 긍정적이고 행복하다.

상선약수(上善若水): 최고의 선은 물과 같다

상선약수란 "최고의 선은 물과 같다."라는 의미이다. 인위적 가식과 위선에서 벗어나 본성대로 살아가는 것. 즉, 무위자연 삶의 이상적 모습으로 물의 선함은 만물을 이롭게 하면서도 다투지 않고, 모두가 싫어하는 낮은 곳에 머무는 것으로 물은 거의 도에 가깝다.

새로운 경험,
도전의 시간

퇴직은 새로운 시작이 될 수 있다. 평생 열정을 쏟아 왔던 일을 마무리하고, 이제부터는 나만의 시간을 통하여 새로운 경험을 하고 도전을 할 수 있는 기회의 시간이다. 젊었을 때 하고 싶었던 일이 무엇인지 생각해 볼 필요가 있다. 퇴직 전에는 시간이나 상황적인 제약으로 인해 할 수 없었던 일들도 충분히 해 볼 수 있다. 그림 그리기, 악기 연주, 여행, 글쓰기 등 다양한 취미 활동을 통해 새로운 경험을 쌓고 즐거움을 찾을 수 있다. 온라인 강좌, 직업 훈련 프로그램 등을 통해 새로운 기술을 배워 새로운 기회를 가질 수도 있다. 또한 자신의 경험과 지식을 바탕으로 새로운 사업을 시작하여 성공을 거둘 수도 있다. 퇴직은 새로운 삶의 시작이다. 새로운 경험에 도전하고, 자신만의 행복을 찾을 수 있다.

새로운 꿈을 찾아서: '자네, 시도는 해 봤어?'

사람들은 어릴 적에는 장래 희망을 적는다. 대통령, 의사, 변호사, 장군, 과학자, 사업가, 가수 등 시대에 따라 선호되는 직업이 달라지기도 하지만 세상 사람으로부터 존경받거나, 봉사하거나, 돈을 많이 벌 수 있는 직업을 희망한다. 그러나 새로운 인생 3막에 들어서는 어릴 적의 꿈과 같을 수도 없고 같아서도 안 된다. 왜냐하면 지금까지 자신이 좋아하는 일보다 호구지책으로 직업을 선택한 경우가 많다. 인생 3막부터는 본인이 원하는 것을 할 수가 있다. 돈을 찾지 않아도 되고 자신이 원하는 꿈에 도전해서 다양한 경험도 하고 시행착오를 겪어 보는 것이 좋다. 아무것도 하지 않고 상상으로만 하고 고민만 한다면 삶의 의미가 퇴색되기 때문이다.

어느 기업가는 항상 하는 말이 있었다. “자네, 해 봤나?” 부동산에 관심이 있으면 부동산에 관련 자격증에 도전해 본다든지, 채권을 통한 금융 소득을 원한다면 채권에 관한 공부를, 풍수나 불교에 관심이 있다면 동양철학을, 기독교나 유럽을 이해하고 싶다면 서양철학을 공부하는 것도 좋다. 모든 것이 불확실하고 계획대로 되지 않은 시대에 성공적으로 살아남을 방법은, 무엇이든 시도해 보는 것이다. 놀이하듯이 즐겁게 해 보는 것이다. 모든 시작에는 위험이 도사리고 있다. 그러나 시작하지 않으면 시작도 없고 결과도 없음이 확실하다 현대의 고 정주영 회장은 “우리는 우리가 생활해 나가는데 모든 분야에 있어서 어려운 게 있지, 쉬운 것만 있는 것은 아니다. 그리고 어려운 것은 우리가 전부 극복할 수 있다고 생각한다.”라고 했다. 자기가 원하는 것을 고민만 하지 말고 시도해 보는 것도 좋을 듯하다.

소확행: 일상의 행복

소확행은 일본의 소설가 무라카미 하루키가 1986년에 발표한 에세이 「랑게르한스섬의 오후」에서 처음 사용한 말이다. 작고 사소한 일상에서 느끼는 작은 행복을 의미한다. 아침에 일어나 커피 한 잔 마시면서 책을 읽는 것, 산책을 하면서 나무와 꽃을 감상하는 것, 가족과 함께하는 저녁 식사, 좋아하는 음식을 먹는 것, 좋아하는 음악을 듣는 것, 좋아하는 책을 읽는 것, 소확행은 치열한 경쟁 속에서 지친 현대인들에게 부쩍 중요해지고 있다. 소확행은 삶의 활력소가 되어 줄 뿐 아니라 힘든 일상에서도 희망과 용기를 준다.

자기 자신에게 잘해 주어야 한다

삶을 살다 보면 어려운 이웃을 도와주고, 자식을 잘 키우고, 연로하신 부모님을 봉양하는 것이 사회로부터 인정받고 존경받는다. 그러나 이와 함께 자신이 자신에게 물어봐야 한다. 자신에게는 얼마만큼 좋은 음식을 잘 먹여 주고, 잘 교육해 주고, 잘 입혀 주고, 즐겁게 해 주었는가를 자기 스스로 물어봐야 한다. 과거 물질이 부족했을 때는 모든 부모는 덜 먹고, 좋지 않은 옷을 입고, 오직 희생하며 살아왔다. 특히 동양에서는 자기희생이 미덕이었고 어른들은 존경받았다. 그러나 세상은 변화하고 있다.

자식들은 나이 든 부모들을 모시고 살 생각이 없고 부모들 또한 의지할 생각이 없다. 더욱이 나이가 들었다고 존경도 하지 않는다. 인생은 점점 길어지고 있다. 이제는 자신을 위해서 무엇을 해 줄 수 있는가를 생각할 때이다. 나이가 들어 자식도 주위 사람들도 모두 떠났을 때 최후로 남는 사람이 자기 자신이다. 자신에게 잘해 주어야 한다.

자기다움

자기다움은 자신의 고유한 존재 가치를 인정하고, 있는 그대로의 자신을 사랑하고 받아들이는 것이다. 이는 단순히 외모나 성격만을 의미하는 것이 아니라, 자기 생각, 감정, 가치관, 삶의 방식 등을 포함한다.

법정 스님은 "민들레는 민들레답게 피면 된다."라고 말했다. 우리는 누구나 저마다의 고유한 가치를 가지고 있다는 의미다. 진달래는 진달래답게, 민들레는 민들레답게, 각각의 개성과 특성에 맞게 살아가야 한다는 뜻이다. 남과 비교하고 우열을 따지다 보면, 자신의 소중함을 잊어버리게 된다. 우리는 모두 세상에 하나뿐인 존재라는 것을 기억해야 한다. 남과 비교하지 않고, 있는 그대로의 자신을 사랑하고 받아들일 때, 진정한 행복을 찾을 수 있다.

자기다움: S라면

S라면은 1980년 중반 국내 최초로 매운맛 라면으로 출시되어 한국의 대표 라면이 되었다. 과거 국외 출장이나 해외여행에서 돌아오면 맨 먼저 찾을 정도로 영혼을 울리는 대표 음식(soul food)이 되었다. 가장 한국적 매운맛에 가깝고 맛있는 라면으로 40여 년 동안 최고의 자리에 있다. 왜 라면 명품이 되었는가를 생각할 때 가장 중요한 것이 맛에 대한 일관성과 만족도이다. 현재는 라면 종주국 일본, 미국, 라틴아메리카, 유럽 등에서도 사랑받고 있을 만큼 전 세계적으로 유명한 식품이다, 어디에서 판매가 되든 가장 한국적인 것이 세계적이라는 자부심과 끊임 없는 노력의 결과이다.

인생에서도 마찬가지이다. 가장 자기다움을 유지하고 나

를 보편타당한 철학을 가지고 살아야 장기적으로 인정받고 사랑받지 않을까 생각한다.

세상에서 가장 아름다운 발

세상에서 가장 아름다운 발레리나의 발. 발가락은 굽고 상처를 입었지만 화려함 뒤에는 이러한 피와 땀과 그리고 눈물이 필요하다.

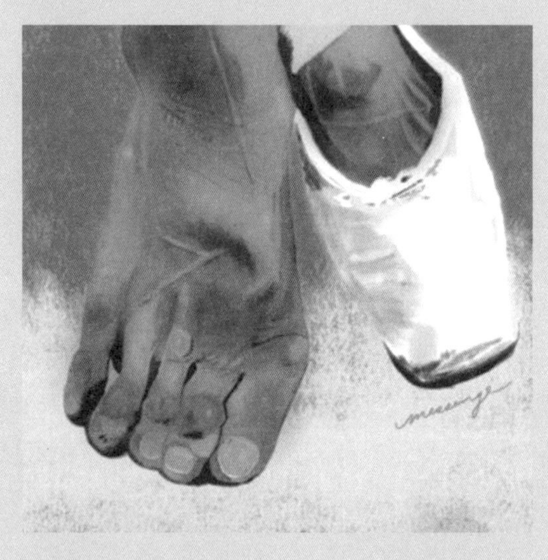

염화시중(拈華示衆)

석가모니가 인도의 영취산에서 많은 대중을 모아 놓고 설법하던 중에 '깨달음의 실체'를 보여주기 위하여 문득 연꽃 한 송이를 들어 보였다고 한다. 깨달음에 이르는 그 오묘한 진리를 말로서는 다 설명할 수가 없어 연꽃을 들어 보였으며, 이때 제자 중에 마하가섭만이 부처님의 뜻을 알아보았고, 그도 역시 스승의 깨달음을 말로써 대답할 수가 없어 살며시 미소를 지었다고 한다. 꽃을 따서 무리에게 보인다는 뜻으로, 말이나 글에 의하지 않고 이심전심으로 뜻을 전하는 일. 염화시중의 미소는 스승과 제자 사이에서 잉태되어 생명을 발하게 된 것이다. 붓다가 꽃을 들어 보인 마음을 읽고 그에 대한 응답으로써 말없이 미소를 지었다. 오랫동안 함께해 온 배우자 그리고 오랜 벗과의 대화에서 우

리는 서로 염화시중의 미소를 지을 수 있으니 이 또한 즐거
운 일이다.

와인은 익어 가는 것이다

오래된 와인을 늙었다고 말하지 않는다. 와인은 맛있게 익어 가는 것이다. 좋은 와인의 특징은 산도, 단맛, 쓴맛, 알코올 함량이 서로 조화롭게 어우러져 있어 부드럽고 쾌적한 느낌을 제공하는 것이다. 시간이 지날수록 새로운 향과 맛이 계속해서 피어나 마실 때마다 새로운 매력을 준다. 인생도 마찬가지다. 나이가 들수록 성숙하고 세련된 마음을 가질 수가 있다.

욕심

욕심은 마치 날카로운 양날의 검과 같다. 욕심은 우리에게 성장과 발전을 위한 동기를 부여하기도 하지만 지나치면 파괴적인 결과를 초래할 수 있다. 이처럼 욕심은 우리 삶에 긍정적인 영향과 부정적인 영향을 동시에 미치기 때문에 이를 현명하게 다루고 긍정적인 힘으로 활용할 수 있도록 노력해야 한다. 이를 위해서 명확하고 구체적인 목표를 설정하여 욕심을 올바른 방향으로 집중시키고, 욕심과 다른 가치관 사이에서 균형을 유지하는 것이 중요하다.

인생을 노래하는 나이

인생 삼모작 시기는 내가 하고 싶은 일을 하는 시기이다. 멋있게 익어 가는 시기, 포도주처럼 맛있게 익어 가는 시기이다. 진정 지금부터 이제는 자유다. 나이 드는 것이 쇠퇴가 아니라는 것, 나이 드는 일이 완성을 향해 가는 과정일 수 있다는 것을 보여 주는, 명인이 되는 데 반드시 시간의 힘이 필요하다는 것을 각인시켜 주는 국내 유명 가수가 있다. 이 사람은 예전보다 지금 노래를 더 잘한다. 훨씬 더 잘 부른다. 고음이 더 올라가고 중저음이 더 풍부해졌다. 나이 들면 목소리도 늙는다는데 이 사람은 오히려 나이 들어 목소리가 더 정정하다.

70대는 어느 시인의 표현을 빌리면 귀신과 이야기를 나누는 나이이다. 70대가 되면 보이는 인생이 다르다고 했다. 아흔에는 아흔의 호흡으로 노래하면 된다고 했다. 여든이 되고 아흔이 되면 거의 완벽에 가까운 노래를 만들 수 있지 않을까 하는 기대를 하고 있다고 했다. 목청만이 아니라 자신이 살아온 삶에 대한 자신감이 있기 때문이다.

자신에게 잘해 주어야 하는 시간

지금까지의 60년은 나머지 40년을 잘 살기 위한 준비 기간이었다. 60세가 넘었다고 노인이라 생각하면 안 된다. 왜냐하면 60세 이후 자신이 하고 싶은 일을 할 수 있는 진정한 자유의 시간이 주어지기 때문이다. 그러니 주위에서 생각하는 삶을 살지 말고 자기가 삶의 주체가 되어 하고 싶은 것을 하면서 살아야 한다. 그리고 이제는 본인에게 잘해 주어야 한다. 잘 입혀 주고, 좋은 것을 먹여 주고, 건강하게 해주고, 좋은 것을 보여 주어야 한다. 행복한 생각을 갖고 살도록 해야 한다. 눈 감기까지 인생에서 결론이 난 것은 하나도 없다.

하루하루를 행복하고 활기차게 살아야 한다. 어쩌면 지겨운 오늘 하루 몇 분이 어떤 사람에게는 정말 아쉽고 소중한 시간이리라. 이제부터는 자신에게 먼저 잘해 주고 편하고 행복하게 살자.

휘게 라이프(Hygge Life)

지난 40년간 덴마크는 세계에서 가장 행복한 나라 중의 하나로 꼽혔다. 일과 삶의 부분에서도 상위를 차지하고 있다. 덴마크의 행복 원천은 '휘게 라이프'에서 찾을 수 있다. 휘게(Hygge)는 편안함, 아늑함, 안락함을 뜻하는 덴마크, 노르웨이어로 휘게를 추구하는 웰빙 라이프 스타일을 일컫는다. '휘게'는 높은 행복지수를 자랑하는 덴마크 국민들의 행복 비결로 꼽힌다. 덴마크는 유럽에서 1인당 가장 많은 양초를 켜는 나라이다. 양초와 램프, 따뜻하고 달콤한 것을 사랑하는 가족, 연인, 친구들과 함께 누리는 행복, 덴마크에서는 함께하는 문화를 높이 산다. 덴마크에서는 겨울이 되면 하루 중에 17시간을 어둠 속에서 지내야 한다. 휘게는 그렇게 긴 겨울을 견딜 수 있게 해 주었다.

휘게는 새것보다는 오래된 것, 화려한 것보다는 단순한 것, 자극적인 것보다는 은은한 분위기와 더 가깝다. 삶의 근심 걱정 내려놓고 소중한 사람들과 함께 식사하는 것, 서로 감사하는 것, 좋은 책을 읽는 것, 좋아하는 차를 마시면서 창가에 앉아 창밖을 내다보는 것. 이 모든 것이 휘게이다. 벤자민 프랭클린은 "행복은 어쩌다 한 번 일어나는 커다란 행운이 아니라 매일 발생하는 작은 친절이나 기쁨 속에 있다."라고 했다.

3장

경제적 자유

경제적 자유를

얻기 위해서는

돈의 알고리즘을

알아야 하고

그것을 실행해야 한다.

가계자산의 구조 조정

한국의 자산 구조는 매우 부동산에 치중되어 있다. 이는 미국이나 일본의 경우와 크게 차이가 나는 수치다. 전체 자산의 70% 이상이 부동산에 편중되어 부동산 경기가 급락할 경우에는 대부분 치명적인 어려움을 겪게 될 것이다. 집값이 지금보다 50% 하락한다면 우리 가계는 어떠한 상황에 부닥치게 될까. 먼저 전세 가격이 동반 하락하게 된다면 많은 집주인은 전세금 돌려주지 못해 집을 헐값이 내놓고 경매로 내놓아야 할 상황이 벌어지기도 할 것이다. 또한 집을 통해 대출을 받은 가계의 경우 담보가치가 낮아져 은행 대출금이 떨어지고 많은 어려움을 겪게 될 것이다.

대부분의 시니어는 부동산 불패의 신화를 보아 왔기 때문에 안전자산이라 인식하고 보유세를 부담하더라도 부동산을 지속적으로 보유하려는 성향이 있다. 그러나 세상에 영원한 것은 없다. 1차적으로 부동산과 금융자산의 비중을 50%씩 가져갈 필요가 있다. 그 이유는 주택의 수요와 공급 문제 때문이다. 인구 구조적으로 출산율이 세계 최저를 보여 장기적으로 한국 자체적인 인구 증가에 따른 주택 수요는 줄어든다고 예상할 수 있다. 물론 수요 측면에서는 외국인 유입이나 1인 가구 증가로 주택의 수요는 크게 감소하지 않을 수도 있다. 또한 병원이 가깝고 교통이 편리한 지역은 예외일 것이다.

나이가 들수록 의료비가 급증한다고 보았을 때 현금 자산의 비중을 늘려 가는 것이 리스크 관리에도 좋을 것이다. 또한 부동산 보유로 미래에 가격 상승에 따른 자본 소득 증가를 예상할 수도 있지만 그때까지 보유세 부담, 부동산 가격 하락에 따른 각종 리스크를 감안하여 현재 부동산 비중이 70% 이상이라면 1차적으로 50%까지 낮추어 가는 것이 바람직하다고 볼 수 있다.

경제적 상황에 맞게 살기

자산관리를 생각할 때 주어진 상황에 맞춰 사는 능력도 매우 중요하다. 버는 것도 중요하지만 절약도 하나의 자산관리이다. 노후에 얼마가 필요한지는 개인마다 다르다. 가구 인원수가 몇 명인지, 어떤 취미를 즐기는지, 도시에서 살 것인지, 농촌에서 살 것인지 등 어떠한 삶을 살 것인지에 따라 달라진다. 따라서 주어진 자산 범위 내에서 맞춰 사는 것이 매우 중요하다. 60세 이후에는 투기성 투자를 하지 말고 물가 상승을 방어할 정도의 소극적 투자가 바람직하다.

경제적 자유

사람들은 경제적 자유를 얻기 위해 삶의 많은 시간을 희생하여 돈을 번다. 세상 사람들은 모두 경제적 자유를 꿈꾸지만 자기 힘으로 거기에 도달한 사람은 소수에 불과하다. 경제적 자유를 얻기 위해서는 돈의 알고리즘을 알아야 하고 그것을 실행해야 한다. 이렇게 얻은 경제적 자유를 최대한 유지하고 자녀에게 유산으로 남겨 줘야 한다. 개인의 능력은 다르며, 그 능력 자체만으로는 자유를 얻기가 쉽지가 않다. 경제적 자유를 얻기 위해서는 기본적으로 경제 공부가 필요하다. 투자를 통하여 성공과 실패를 경험하면서 경제 공부를 할 수가 있지만 이론 공부, 성공한 사람, 성공한 가문, 성공한 기업에서 많은 영감을 얻을 수 있다.

가장 이상적인 경제적 자유 상태는 돈이 돈을 벌어 내가 쓰는 돈보다 많이 축적하여 더 이상 다른 사람들이 짜 놓은 일정대로 움직이는 것이 아니라 내가 정하고 원하는 대로 일정을 정하고 움직이는 상태일 것이다.

나이 들어 빨리 망하지 않고 거지 되지 않는 길

젊었을 때는 자식 교육비에 투자하고, 장년이 된 후 결혼 자금으로 투자하고 나중에는 자녀 사업 자금으로 가지고 있는 노후 자금을 모두 사용하여 무일푼이 된 상태에서 자식이 돌봐 주지 않거나 자식도 경제적 어려움을 겪게 되어 부모, 자식이 2대가 가난을 겪게 된다.

현대사회에서는 경제적 어려움을 겪게 되면 부모와 자식 간에도 멀어질 수밖에 없다. 나이가 들거나 퇴직 후 보여주기식 사업을 시작하고 투자하다 망하는 것도 지양해야 한다. 따라서 60대 이후에는 큰 욕심 부리지 말고 근로소득이든 이자소득이든, 사업소득에서 물가 상승 소득 정도 벌 수 있는 소극적 투자가 바람직하다. 또한 처음부터 자녀에게 줄 수 있는 자산 계정과목을 달리하여 제한하는 것도 방법이다.

너무 일찍 증여하지 말고 자녀 경제 교육하기

최근 높은 상속세와 일시적 증여세 변화로 자녀에게 일찍 증여하는 부모들이 많이 있다. 또한 '노인은 돈 쓸 일도 없지 않으냐.' '여유 있으면서 왜 도와주지 않느냐.' '상속 미리 한다고 생각하시라.' '보유세를 줄이려면 사전에 증여를 자손들에게 미리 증여하는 것이 좋다.'라는 말로 부모에게 증여를 부추기는 말들을 많이 들을 수 있다. 부모와 자손 전체를 보았을 때 세금 절약 방법으로 유리할 수도 있고 불리할 수도 있다. 그러나 국가의 세금 정책은 장기로 보았을 때 항상 변하기 때문에 어떤 방식이 유리한지는 속단하기 어렵다.

단지 분명한 것은 자손들에게 증여를 빨리 많이 할수록 본인이 마음대로 처분하여 쓸 수 있는 자산은 급속히 줄어들고 나이 80~90세가 되어 꼭 돈이 필요할 때 돈이 없다는 것이다. 또한 노후 자산을 너무 쉽게 내주다 가는 자칫 부모와 자녀 세대가 함께 무너질 수 있다. 옛날부터 자녀에게 물고기를 잡아서 주는 것보다 낚시하는 법을 가르치라고 했다.

자녀에게는 어릴 때부터 금융 교육하고 경제적 자립심을 키워 주어야 한다. 과다한 자녀 교육비, 결혼 자금, 사업 자금 지원으로 노후 파산과 어려움을 겪는 많은 사람들을 볼 수가 있다. 이러한 자녀 리스크에 빠지지 않도록 자녀에 대한 지원 가이드라인을 잡고 그 범위 내에서 자산을 사용하는 것이 바람직하다.

노후 대책이 자식에게 주는 최고의 선물

노후를 준비 잘해서 경제적, 육체적으로 자립해서 자식에게 의지하지 않는 것이 자식들에게 주는 최고의 선물이다. 노후 준비도 못 하고 병들어 요양병원에 10년 이상 머물고 자식 또한 재산 한 푼 물려받지 못한 것이라면 자식 또한 힘들 수밖에 없다. 부모, 자식 각자도생이 상호 간 최고의 선물이다. 자식에게 경제적, 육체적으로 부담을 주지 않고 살고 가족으로서 상황에 따라 서로 도우며 사는 것이 좋을 것이다.

건강할 때 본인 건강을 잘 챙겨서 자식들에게 짐이 되지 않기 위해서는 젊은 시절부터 건강에 많은 관심과 노력을 해야 한다. '식약이동원'이라는 말이 있다. 음식이 약과 같이 중요하다는 의미이다. 좋은 음식이 건강을 가져오고, 건강하면 좋은 인생을 살 수 있다는 말이다. 평상시 균형 잡힌 식사를 통해서 건강을 유지해야 할 것이다.

식사 못지않게 중요한 것이 운동이다. 운동의 중요성은 아무리 강조해도 지나치지가 않다. 나이가 들어서 근육량이 15% 이상 빠지면 누워 있는 시간이 늘어나거나 요양병원에 갈 확률이 높다고 한다. 일단 기본적으로 걷는 것이다. 최근 연구발표에 따르면, 걷기만 해도 심장병으로 인한 사망 확률을 낮춘다고 한다. 걸을 수 있다면 일단 걷기는 기본적으로 해야 할 것이다. 걷기는 뇌 건강에도 좋다고 한다. 걸으며 주위 사물을 인지하고 생각하며 걷다 보면 뇌 활동을 촉진한다.

노후 파산 방지를 위한 리스크 관리

노후에 파산하는 주요 원인으로, 첫째, 은퇴 창업 리스크, 둘째, 금융 사기 리스크, 셋째, 자녀 리스크, 넷째, 건강 리스크, 다섯째, 황혼 이혼 리스크 등이 있다. 무엇을 해야만 한다는 강박 관념에서 벗어나고 일확천금을 노리는 생각에서도 벗어나야 한다. 또한 빈털터리가 되면 자식이 돌봐줄 것이라는 생각도 버려야 한다. 소유 자산을 최대한 오래 사용해야 하고, 때로는 버는 것보다 절약해서 사는 것이 중요하다.

뉴 식스티(New Sixty): 새로운 소비 주체

뉴 식스티는 1960년대 초반에 태어나 현재 나이 50대 후반에서 60대 초반에 이르는 세대를 일컫는다. 이들은 경제적 풍요 속에서 성장하며 양질의 교육을 받았고, 건강하고 활기찬 삶을 추구하는 특징을 가지고 있다. 또한 높은 소비 능력과 자유로운 시간을 보유하고 있어 새로운 소비 시장의 주역으로 주목받고 있다.

뉴 식스티의 소비 특징으로 첫째, 개성과 경험을 중시한다는 것이다. 단순한 물건 구매보다는 새로운 경험과 개성 표현을 위한 소비를 선호한다. 둘째, 건강과 웰빙에 대한 관심이 많다는 것이다. 건강한 삶을 위해 건강식품, 운동용품, 의료서비스에 대한 소비가 증가하고 있다. 셋째, 온라인 소비의 확대이다. 인터넷과 스마트폰을 능숙하게 활용하며,

온라인 쇼핑, 모바일 결제 등 온라인 소비를 활발하게 이용한다. 넷째, 지속 가능한 소비이다. 환경 보호와 사회적 책임에 대한 관심이 높아 지속 가능한 소비를 추구하여 친환경제품, 사회적 기업 제품 등을 선호한다. 이처럼 시간적, 경제적 여유를 갖춘 이들이 새로운 소비 주체로 떠오르고 있다.

돈이 있어야
하고 싶은 일을 할 수 있다

400여 년간 이탈리아 르네상스를 탄생시키고 번영을 가져온 메디치 가문의 힘은 어디에서 왔는가. 이는 부의 축적에서 왔다. 부를 바탕으로 미켈란젤로 등 많은 예술가를 지원할 수 있었고 부와 예술의 융합을 통한 시너지로 결국 국가가 번영했다. 경제적으로 안정된 삶을 살고 문화와 취미를 즐기려면 어느 정도의 인생 운영자금이 필요하다. 스웨덴의 발렌베리 가문에서도 후손에 대한 교육, 자산에 대한 인식이 남다르고 사회와 함께하는 기업 경영으로 존경받는 기업이 되었다.

한국의 경주 최씨 가문도 이웃의 미움을 받지 않고 수백 년간 대대손손 부와 명예를 이어 왔다. 개인 인생에서도 마찬가지이다. 자신의 평생을 운영할 자금이 필요하며, 이를 더욱 잘 운영해야 한다. 또한 확보된 자금은 포트폴리오 관리가 필요하다. 세계 경제, 국내 경제의 변화하는 환경에 개인은 일정 부분 영향을 받을 수밖에 없다. 그러므로 자산관리가 필요하다. 적극적 자산관리는 국내외 경제 환경을 나름대로 예측하고 자기 책임하에 적극적 투자, 매각을 단행하는 것이다. 그리고 나머지는 계란을 여러 바구니에 담는 포트폴리오 관리가 필요하다. 주택은 부의 축적이 되기도 하지만 예기치 못한 경제 환경 변화로 일본과 스페인처럼 가격 하락을 가져올 수 있다.

돈주머니를 차고 있어야 자식이 효도한다

옛말에 "부모는 먹지 않고 자식을 주고, 자식은 먹고 남아야 부모를 준다."는 말이 있다. 이는 자식은 부모를 소중히 여기지 않는다는 뜻이다. 부모를 존경해도 "긴 병에 효자 없다."는 말이 있다. 이 부족한 효를 보완해 주는 것이 돈이다. 자식의 부모에 대한 성의가 부족해지면 외부의 도움이 필요하고, 이를 위해서는 돈이 필요하다. 또한 늙고 병든 부모를 누가 수십 년 정성껏 모시며 효도할까. 돈을 가지고 있어야 자식도 자주 오고 효도하게 된다. 100세 시대에 기력이 없어지면 돈이 필요한데, 자식에게 재산을 다 주고 노후에 외면당하는 부모가 적지 않다.

목돈보다는 연금

목돈을 가지고 있을 경우 자식이 쓸 돈이 있으면 사업 자금이든, 자산 매입에 전부 사용할 수 있다. 또한 자식 입장에서는 빠른 증여를 바랄 것이다. 목돈은 내가 빨리 죽어야 자식이 많이 가져가는 구조이다. 따라서 퇴직금은 연금으로, 살고 있는 아파트 등 주택은 주택연금을 들어서 평생 안정적인 현금 확보에 보탬에 될 수 있도록 해야 한다.

부동산 편중 가계자산 조정

현대경제연구원에 따르면, 2019년 기준 수도권 거주자 자산의 70%가 부동산이다. 부동산 자산 비중은 연령대가 높을수록 커진다. 30대의 부동산 자산은 49.2%인데, 60대의 부동산 비중은 무려 80.7%였다. 이와 같이 한국 사람들의 자산은 부동산에 치우쳐 있다. 일본의 경우 1990년대 초 부동산 버블이 무너진 이후 빈집들이 넘쳐 난다. 취득, 보유세 부담으로 자식들은 부모의 집을 상속받고 싶어 하지 않는 경우가 생겨났다.

일본인들은 주택은 소유 이후부터 감가상각이 들어간다고 생각하여 소유에 대한 집착이 한국과는 매우 다르다. 주택 소유가 재앙이 되지 않기 위해서는 주택연금에 가입한다든지 주택 가격 급락에 대한 헤지 방안으로 자산에 대한 포트폴리오를 새롭게 구축할 필요가 있다. 60세 이전부터 부동산 자산의 비중을 줄이고 금융자산의 비중을 높여 가야 한다. 부동산을 계속 소유하다가 집값이 내려가고 부채가 많아지면 '하우스 푸어'가 될 수 있다.

부모 부양에 대한 인식

사회 규범과 제도가 변화하면서 한국 국민의 부모 부양에 대한 가치관과 태도도 급변하고 있다. 2019년 5월 보건사회연구원의 보건복지포럼에 실린 중·장년층의 이중 부양 부담과 정책 과제 보고서(김유경 연구위원)에 따르면, 통계청의 2002~2018년 사회조사를 분석한 결과, '부모 부양을 누가 담당할 것인가?' 하는 물음에 '가족'이라고 답한 비율이 2002년에는 70.7%에 달했다. 하지만 이후 부모 부양 책임자로 가족을 꼽은 비율은 2006년 63.4%, 2010년 36.0%, 2014년 31.7%, 2018년 26.7% 등으로 줄어들었다. 이에 반해 국가와 사회 등에 의한 공적 부양 의식이 확산하고 부모 스스로 해결해야 한다는 생각이 커지고 있다.

사회 혹은 기타가 부모 부양에 책임이 있다는 응답은

2002년 19.7%에서 2006년 28.8% 2010년에는 51.3%로 껑충 뛰었고, 2014년 51.7%, 2018년 54.0%로 올랐다. '스스로 해결'이라는 대답도 2002년 9.6%에서 2006년 7.8%로 잠시 주춤했다가, 2010년 12.7%, 2014년 16.6%, 2018년 19.4% 등으로 꾸준히 상승했다. 장남 또는 아들 중심의 가부장적 부모 부양관도 상당히 약해졌다. 가족 중에서 누가 부모 부양을 책임져야 할 것인지에 관해 장남이라는 응답은 2002년 15.1%, 2006년 12.4%, 2010년 5.0%, 2014년 2.0%, 2018년 1.3% 등으로 추락했다. '아들 모두'에게 책임이 있다는 응답도 2002년 13.9%에서 2006년 5.1%, 2010년 2.8%, 2014년 1.1%, 2018년 1.0% 등으로 낮아졌다.

그 대신 '아들·딸 자녀 모두'에게 책임이 있다는 인식은 2002년 20.5%, 2006년 31.8%, 2010년 23.1%, 2014년 24.1%, 2018년 19.5% 등으로 나왔다. 부모 부양 책임자로 가족으로 생각하는 비율이 26% 이하로 점점 낮아지고 있음을 볼 때 이제는 가족에게 부양을 의지할 시대가 아니라는 것이다.

부모, 자식 간 자산 계정과목

나이 든 부모와 자식은 각자의 상황과 목표가 다르기 때문에, 자산의 계정과목도 달라야 한다. 나이 든 부모는 일반적으로 은퇴 후 생활을 위해 자산을 사용해야 하는 단계에 있다. 따라서 안정적인 수익을 추구하는 투자를 선호하는 경우가 많다. 또한 노후 대비를 위해 자산을 대비하는 것이 중요하다. 자녀는 성장 잠재력이 높은 자산에 투자하여 장기적인 자산 형성을 목표로 하는 경우가 많다.

부모와 자식 간의 자산 계정과목은 달라야 한다. 목돈은 내가 빨리 죽어야 자식이 많이 가져가는 구조이다. 따라서 개인연금, 주택연금 등의 비중이 높은 것이 좋고 돈을 쓸 수 있는 주체의 계정과목도 달라야 한다. 부모는 자식을, 자식은 부모를 서로 잘 버려야 잘 산다.

불효자 방지: 신탁

생전 증여 이후 부양하지 않는 자녀들을 대상으로 '먹튀 소송'이 증가하고 있다. 물론 불공정한 생전 증여와 유언 또한 분쟁의 주요 요인이 되기도 한다. 재산을 자식에게 전부 물려주는 순간 자식, 재산, 인생을 잃게 될 수 있다. 이에 대한 대비책으로 신탁을 활용할 수 있다.

신탁은 소유한 부동산, 금전, 유가증권 등의 재산을 신탁회사에 맡기고 고객의 요구에 맞게 효율적인 관리부터 처분은 물론 증여, 상속까지 대행해 주는 서비스이다. 증여관리 신탁은 자녀에게 재산을 증여한 이후에도 재산에 대한 통제권을 유지할 수 있는 신탁으로 효도, 결혼 등의 조건부 증여를 통해 증여 재산은 물론 자녀의 올바른 생활까지 관리할 수 있다. 증여 후 의무를 이행하지 않을 경우 증여한 재산을 되돌려받을 수도 있다. 치매보호 신탁은 고객이 자산관리 서비스를 통해 자산을 운용하다가 질병 및 치매 등으로 거동이 불편할 때 생활비, 의료비를 안정적으로 지급받을 수 있으며, 사후에는 상속, 기부까지 가능하다. 유언대용신탁은 고객이 자산을 신탁하면 생전에는 자산의 운용과 이익을 고객이 통제하고, 유고 시에는 미리 정해 둔 수익자에게 신탁재산을 안정적으로 승계한다.

소비의 중심, 액티브 시니어

전 세계적으로도 초고령화 사회로 여겨지는 일본의 유통 업계에서 '시니어'는 주요한 고객이다. 일본 가계 소비에서 60대 이상이 차지하는 비율은 2030년 47%에 달할 것으로 추정되고 있다. 현재 대한민국은 전 세계에서 가장 빠르게 늙어 가는 나라이다. 현재 속도라면 2045년에는 고령 비율에서 일본을 제친다. 기대수명에서도 한국은 일본과 스위스에 이어 세 번째로 높은 83.6세를 기록했다. OECD 평균보다 3.6년이 높다. 출생 인구가 급격히 감소하고 기대수명이 길어지면서 초고령 사회는 예정된 현실이다. 시니어는 인생 후반전을 살아가는 퇴직한 50대를 지칭하기도 하지만, 통상적으로는 60세 이상, 공식적으로는 65세 이상의 고령자를 말한다. 고도성장을 겪은 시니어들은 경제력이 탄

탄하고 높은 학력에 소비력도 높다.

미국 시카고대학교 심리학과 뉴가튼 교수는 '액티브 시니어(active senior)'라는 개념을 제시한 바 있다. 은퇴 이후 활발한 사회 활동과 여가, 소비를 즐기는 '액티브 시니어'가 늘어나기 시작한 것이다. 이들은 넉넉한 경제력과 왕성한 활동을 통해 가치소비를 지향하고 첨단 IT 기기와 스마트폰에도 능숙하다. 이전 세대와는 달리 자신을 위한 투자에도 인색하지 않다. 시니어 세대가 트로트 열풍을 이끌고, 열정적인 팬덤 문화의 주역으로 자리 잡아 가고 있다.

소극적 투자

투자를 한 후 실패를 할 경우 그것을 만회할 시간적, 체력적 제한이 있기 때문에 너무 욕심을 내지 말고 적극적 투자보다 소극적으로 근로, 사업, 금융, 사업소득을 추구해야 한다. 특히 60대 후반부터는 잘 알지 못하는 분야나, 어려운 금융 기법이 필요한 품목에 투자할 경우 실패할 확률이 높다. 지금까지 본인이 해 왔거나 관심이 있어 고민하고 공부하여 지식 습득이 된 분야에 투자하는 것이 바람직하다.

자기가 잘 알지 못하는 분야나 사회 활동을 해야 할 것 같아서 투자하는 것이라면 아무것도 하지 않는 것이 좋다. 왜냐하면 실패할 확률이 높고 그나마 가진 돈을 남에게 주는 꼴이 되고 자기는 더욱 가난하게 될 수 있기 때문이다.

셀프 부양의 시대: 홀로 사는 삶

현시대에는 비혼, 이혼, 사별, 별거 등으로 홀로 사는 사람들의 비중이 점차로 늘어나고 있다. 스웨덴에서는 혼자 사는 사람의 비중이 60%이지만 행복 지수는 세계 3위다. 하지만 사회보장제도가 잘 되어 있지 않은 우리나라는 그렇게 행복하지가 않다. 주로 노인, 중장년이 많고 그들은 경제적으로 가난하다. 인생 '공수래공수거'. 빈손으로 왔다가 빈손으로 가는 것이 인생이지만 이제는 '혼자 왔다가 혼자 살다가 혼자 가는' 시대가 되어 버렸다. 홀로 살아도 행복하자.

유대인의 자식 경제 교육

미국의 석유왕 존 록펠러, 투자의 귀재 워런 버핏, 페이스북을 창업한 마크 저커버그, 마이크로소프트의 빌 게이츠, 캘빈클라인 이들의 공통점은 무엇일까. 바로 유대인이라는 것이다. 유대인은 전 세계 인구의 0.2%밖에 되지 않는데, 포브스가 선정한 세계 400대 부자 목록의 30%를 차지하고 있으며, 노벨 경제학상의 23%를 차지하고 있다. 유대인들이 경제계에서 두각을 나타내고 있는 것은 유대인들의 자녀 경제의 영향이라고 한다. 유대인의 자녀 교육 중에서도 큰 비중을 차지하는 것은 경제 교육이다. 유대인들은 13세 성인식에서 세 가지 선물을 받는데, 바로 성경책(율법서), 손목시계, 그리고 축의금이다. 성경책은 부끄럽지 않은 인간으로 살아가라는 뜻이고, 손목시계는 약속을 잘 지키라는 의미가 있다.

축의금은 어떤 의미일까? 성인식을 마친 자녀는 돈을 불리기 위해서 경제 동향과 관심 기업에 대해 조사하고 공부하며 주식, 채권, 예금 등에 나누어 투자한다. 한국 사람 대부분은 30~40대가 넘어서 재테크에 눈을 뜨기 시작하는데 유대인들은 13세부터 재테크에 눈을 뜨고 투자하기 때문에 세계 경제를 흔드는 실력 있는 사람이 된다. 한국도 조기에 자녀에게 매월 정기적으로 용돈을 주어 자녀가 합리적으로 소비하고 저축하는 습관을 길러 주어야 한다. 또 실생활에서 만나는 기업에 직접 투자하고 선택하게 하고, 경제 관련 서적을 읽게 하고 그에 관해 주기적으로 토론함으로 경제에 대한 관심을 심어 주는 것이 중요하다.

증여 vs 상속

재산세와 양도세가 높아질수록 증여를 많이 하게 된다. 증여는 살아 있을 때 주로 자식들에게 물려주는 것이고, 상속은 죽었을 때 물려주는 것이다. 세금이 무서워서 자손들에게 미리 증여한 사례가 많이 발생하고 있다. 증여할 경우 증여세와 증여에 따른 취득세를 납세하여야 하는데 이를 부모가 도와줄 경우 실물자산을 물려주고 돈까지 사용함으로써 부모의 자산은 크게 줄어들게 된다. 과연 본인이 스스로 생존 기간 동안 사용할 자산을 유지할 수 있는지 생각을 해 보아야 한다. 자식에게 증여할 경우 일정 금액까지 증여공제 혜택이 있다는 점도 상속보다 더 나은 이유가 되기도 한다. 세금 때문에 증여하려는 것도 좋으나 본인이 평생 사용할 현금 흐름을 계산 후 증여하는 것이 바람직하다.

자산과 유산의 차이

자산이란 개인이나 조직이 소유하고 통제하는 모든 경제적 가치를 가진 대상을 포괄적으로 의미한다. 여기는 현금, 주식, 채권, 부동산, 사업, 지식재산권 등이 포함된다. 즉, 현재 보유하고 있는 것뿐만 아니라 미래에 얻을 수 있는 잠재적 가치까지 포함한다. 유산은 사망한 사람이 남긴 모든 자산을 의미한다. 여기에는 자산뿐만 아니라 부채도 포함된다. 건강하면 자산으로 사용 가능하지만 병들면 드러누워 있으면 유산이 된다. 모두 건강관리를 잘하여 자산으로 사용하도록 해야 한다.

캥거루족

캥거루족은 부모와 함께 거주하며 경제적으로 의존하는 성인 자녀를 일컫는 용어다. 한국 사회에서는 20대 후반에서 30대 초반의 청년들이 주로 캥거루족으로 분류된다. 최근 취업난, 주거비 부담 증가, 가치관 변화 등으로 캥거루족 현상이 심화되고 있다. 캥거루족은 나라마다 표현이 다르다. 일본에서는 파라사이트 싱글(부모에게 기생하는 독신), 미국에서는 키덜트(kid adult), 캐나다에서는 부메랑 키즈(직장 없이 떠돌다 집으로 돌아옴) 영국에서는 키퍼스(kids in parent's pockets eroding retirement savings, 부모 퇴직금을 축냄)으로 표현된다.

최근에는 경제가 어려워지면서 결혼하고 독립했다가 주거비와 육아의 어려움 때문에 부모 집으로 돌아오는 리터

루(return + kangaroo)족도 생겨나고 있다. 캥거루의 새끼 보호 기간은 종류에 따라 다르지만, 일반적으로 출생 후 약 6개월에서 1년 정도다. 그러나 우리가 생각하는 인간 캥거루족 보호 기간은 더 길어질 수 있다는 것이 큰 문제다. 캥거루족을 줄이기 위해서는 청년들의 취업 기회를 확대하고, 안정적인 일자리를 창출하기 위한 정책이 필요하다. 또한 동시에 평소 자녀에 대한 경제적 자립심을 키워 주기 위한 노력이 필요하다.

현금 확보, 자산의 포트폴리오 조정

100세 시대를 맞이하면서 장기적인 노후 자금 준비가 필요하다. 의료비, 약품비, 생활비 등 노후 생활비는 꾸준히 증가하고 있다. 장기 요양 서비스 이용 시에도 추가 비용이 발생한다. 현금을 충분히 확보하지 못하면 경제적인 어려움에 빠질 수 있다. 또한, 여가 활동, 취미 생활 등을 즐기기 위해서는 일정 수준의 경제적 여유가 필요하다. 삶의 질을 높이기 위해서도 현금 확보가 필수다. 한국 60대 자산 포트폴리오에서 부동산이 차지하는 비중이 70~80%이며, 미국이 30~40%인 데 비해 매우 높다. 따라서 한국 평균 자산이 4~5억 정도라 하여도 현금성 자산이 낮아 유동성이 매우 떨어진다. 따라서 현금 확보를 위해서는 자산 구성의 조정을 통해 현금 흐름을 원활히 할 필요가 있다.

현금 확보 방법으로, 첫째, 국민연금을 활용하는 것이다. 1988년 도입되었으며 금전이 필요한 경우 조기노령연금을 신청하여 사용할 수 있다. 조건은 국민연금 가입 기간 10년 이상, 현재 55세 이상(지급 연령 상향 규정 적용 55~60세), 소득이 있는 업무에 종사하지 않아야 하며 근로소득, 사업소득이 있을 경우는 조건이 있다. 둘째, 주택연금(역모기지)가 있다. 자식에게 집을 물려주기보다 매월 생활비로 쓰고 쓰다 남으면 자식들에게 현금으로 나눠 주기 때문에 서로에게도 좋다. 셋째, 기타 방법으로는 근로소득, 금융소득, 자본소득, 사업소득을 통해 현금을 확보할 수 있다.

현금 확보가 중요

은퇴 이후에는 유동성, 생활비로 쓸 돈을 확보할 수 있도록 투자 전략을 세워야 한다. 일반 생활비 외에도 본인의 병환, 치매 등에 대처하기 위해서는 현금성 자산 확보가 중요하다. 부동산은 많으나 현금이 없는 상태를 부동산 거지라고 한다. 가지고 있는 부동산 등 자산을 현금화하지 않고 평생을 가난하게 산 사람이나, 실제로 자산을 가지고 있지 않아 가난하고 불편하게 산 사람이나 가난하게 산 것은 똑같다. 결국 반평생 편리함과 기쁨을 포기하며 이룬 자산을 제대로 즐겁게 활용하지 못하고 고생하다 세상을 떠나는 것이다.

왜 그럴까? 선진국처럼 연금이 발달하지 않아 미래가 불안해서 쓰지 못하는 것일까? 아니면 과거 부모님이 그랬듯이 자기는 가난하고 비참한 생활을 해도 자식에게 조금이라도 물려주면 본인이 행복할 것으로 생각하기 때문인가? 이러한 생각들은 기대 수명이 65세인 경우에는 일부는 맞다. 그러나 기대수명이 100세를 바라보는 시점에서는 맞지 않다. 부모가 행복하지 않은데 자식이 행복할 것인가? 갖고 있는 부동산 가격이 현재의 50%까지 떨어진다면 모든 것이 악화될 수가 있다. 현금 확보가 중요하다.

현명한 자산 활용

자식에게 "재산은 미리 주면 굶어 죽고, 반만 주면 시달려 죽고, 안 주면 맞아 죽는다."라는 말이 있다. 반대의 논리로 재산을 미리 주면 절세할 수 있다고 주장한다. 거액의 상속은 사회적으로 부작용을 야기하기도 한다. 건물 몇 채를 물려받은 자식들은 월세만 가지고도 먹고살면 되기에 공부를 열심히 하지 않아도 된다고 여기고 씀씀이가 커져 원래 상태로 떨어질 수도 있다.

영국의 경우 자식들에게 유산을 물려주기보다 자기가 돈을 쓰며 여유 있는 삶을 살기 원한다고 한다. 1970년대 한국인의 평균수명은 60세 안팎이었다. 50세 후반에 은퇴하고 10년 안팎의 여생을 보내다가 죽는 경우가 일반적이었다. 하지만 지금은 100세 시대를 바라보고 있다. 소득 없이 버

텨야 하는 기간이 과거보다 훨씬 길어졌고 부양 비용도 치솟고 있다. 특히 사망 전 1년 동안은 자기 일평생 동안 쓴 병원비의 4분의 1가량이 들어간다.

수명이 짧았던 때는 자식들에게 모두 주어도 되었지만 지금처럼 수명이 길어지고 부양 비용이 급증하는 시대에는 부적절하다. 물론 돈이 엄청 많으면 다 해 줄 수 있지만 말이다. 성인이 된 자녀는 경제적으로 독립시키고 부모는 가진 돈을 쓰며 자력으로 살아가는 것이 맞지 않을까?

배우자와 잘 지내는 것이 최선의 재테크

배우자와의 관계가 안정적이고 건강할 때 경제적인 어려움을 극복하고 더 나은 삶을 만들어 갈 수 있다. 배우자가 서로의 목표를 이해하고 협력할 때, 재정 목표를 달성하기 훨씬 쉽다. 부채를 갚거나 자산을 늘리는 것을 목표로 한다면, 배우자와 예산을 세우고 지출을 관리하는 것이 훨씬 효과적이다. 또한 어려운 시기를 겪었을 때 서로에게 정서적, 실질적인 지지를 제공할 수 있다. 서로에 대한 지지는 경제적인 스트레스를 극복하고 목표를 달성하는 데 큰 힘이 된다.

반대로 이혼이라도 하게 되면 재산은 반토막 이하로 줄어 경제적으로 더욱 어려워진다. 배우자와 잘 지내는 것은 단순히 재테크 측면에서 좋을 뿐 아니라, 더 행복하고 만족스러운 삶을 살아가는 데 중요한 역할을 한다.

4장

삶에도 전략이 필요하다

퇴직 후 나머지 길고 긴

40여 년의 자유 시간이

축복의 시간이 되기 위해서는

철저한 준비와

인생 전략이 필요하다.

사회공헌: K시리얼

미국 K사의 시리얼은 1894년 요양원 환자들의 균형된 영양과 소화를 돕기 위해 생산한 제품으로 출발하여 120년 이상 소비자로부터 사랑을 받는 제품이다. 소비자의 건강과 편리성을 위해 출시된 제품으로 사회공헌에 기여하고 있으며, 재단을 설립하여 사회책임을 이행하고 있다. 소화력이 약한 시니어나 적합한 제품으로 각종 영양을 첨가하여 균형 잡힌 식사가 되게 한다. 또한 어린이들에게도 사랑받는 제품 중 하나이다. 한국에서도 각종 기부를 통하여 사회에 공헌하고 소비자에게 영양과 편리성을 제공하여 사회에 기여하고 있다. 우리도 살면서 사적 이익도 되고 사회에 기여하는 삶을 살 수 있다.

삶에도 전략이 필요하다 1

전략이라는 것은 어느 한 조직이 경쟁 우위에 서도록 포지셔닝하는 일을 의미한다. 여기에는 비전, 전략적 의도, 도전적 설정 등이 포함된다. 인생에서도 라이프 사이클 단계별로 전략이 필요하다. 우리의 삶이 어디로 가기를 원하는가를 알고 그곳에 이르기 위해 신중하게 고려된 창의적 계획이 필요하다. 알퐁스 도데의 어린 왕자가 보는 별, 윤형주의 별, 과학자가 보는 별은 보는 시각이나 입장에 따라 별의 형태나 의미가 달라져 보인다. 인생을 어떻게 운영할 것인가의 문제는 각 개인의 주관적 판단의 문제이지만 사회적 환경에 따라 변할 수 있다.

1970년대까지는 삶의 전략이 그리 중요하지 않았다. 라이프 사이클 자체가 단순했다. 평균수명도 지금처럼 높지 않았고 지금보다 이른 나이에 퇴직, 은퇴하여 자녀에 의지하여 살아가는 잉여 인생의 삶을 살아왔다. 즉, 태어나서 성장하고 사회생활을 하고 은퇴하고 하는 일 없이 지내다가 사망하는 매우 단순한 라이프 사이클을 가졌다. 그러나 현재 이르러 수명이 급속히 늘어나고 시니어들이 미래에 바라는 삶에도 큰 차이가 난다. 퇴직 후 나머지 길고 긴 40여 년의 자유 시간이 축복의 시간이 되기 위해서는 철저한 준비와 인생 전략이 필요하다.

삶에도 전략이 필요하다 2

왜 인생 삼모작을 준비하여야 하는가? 갓 태어난 아기도 시간이 흐름에 따라 자연히 나이를 먹어 간다. 그래서 아기로 태어나서 유년기를 거쳐서 소년이 되며, 소년기를 거쳐서 청년기로 접어든다. 그다음에는 중년기, 장년기를 거쳐서 노년기로 들어가 결과적으로 인생의 마지막을 맞는다. 이 모든 과정은 누구에게나 똑같이 주어진다. 인간뿐 아니다. 동·식물과 어족, 만물에 마찬가지다. 한국의 통계청 보고에 따르면, 현재 65세를 넘은 사람의 평균 기대수명이 91세라고 한다. 65세만 넘으면 91세까지 살 희망이 있다는 것이다.

인생 칠십은 옛말이고, 100세 시대가 온 것만은 분명해 보인다. 인간의 삶을 계절에 비유하여 '인생 백 년 사계절 설

(說)'을 이야기하는 사람들이 많다. 25세까지는 '봄'이며, 50세까지는 '여름'이며, 75세까지는 '가을'이며, 100세까지는 '겨울'이라고 한다. 이에 따른다면 70세 노인은 가장 아름다운 단풍의 계절로 만추(晩秋)쯤 되는 것이며, 80세 노인은 이제 막 초겨울에 접어든 셈이다. 한국에서는 60세를 회갑(回甲)이라고 하며, 70세를 고희(古稀)라고 한다. 고희란 인생칠십고래희(人生七十古來稀)에서 나온 단어다. 즉, 70세까지 사는 것은 드문 일이라는 뜻이다. 또한 77세를 희수(喜壽)라고 한다. 희수란 오래 살아서 기쁘다는 뜻이다.

그러나 서양에서는 65세부터 75세까지를 활동의 은퇴기(active retirement)라고 한다. 비록 은퇴를 했지만 사회활동을 하기에는 충분한 나이라는 의미다. 육체적 나이보다 중요한 것이 정신적인 나이다. 청춘이란 인생의 어떤 기간이 아니라 마음의 상태를 말한다(Youth is not a time of life). 그래서 때로는 20세 청년보다도 70세 노년이 더욱 청춘에 가깝다. 성경에는 "늙은 자에게는 지혜가 있고, 장수하는 자에게는 명철이 있느니라."(욥 12:12)는 말씀이 있다. 명철이란 세태와 사리에 환하게 밝음을 말한다. 늙은 자, 나이 먹은 사람은 젊음을 거쳐 온 사람들이다. 젊은이들이 겪지 못한 많은 경험을 쌓은 사람들이다. 소위 노하우(knowhow)가 쌓인 사람들이다.

삶에도 전략이 필요하다 3

젊은이들은 늙은이들을 보면 무시하게 된다. 늙은이들은 우선 외모가 깨끗하지 못해 보인다. 아무리 깨끗하고 좋은 옷을 입어도 얼굴은 늙어 쭈글쭈글하고, 머리는 하얘서 보기 좋지 못하다. 그러나 이들은 모두 젊은 시절을 거쳐서 오늘에 이른 지혜와 명철을 지닌 사람들이다. 이들은 한결같이 젊은이 못지않게 젊은 꿈과 열정을 가지고 살아왔다. "마음이 청춘이면 몸도 청춘이 된다."라고 했다. 몸은 늙었지만 마음은 아직 청춘이다.

미국의 해리 리버만은 76세에 처음으로 붓을 들고 81세에 본격적으로 그림 공부를 시작했다. 그녀는 원래 폴란드 태생이나 26세 때에 미국으로 이민을 와서 제조업을 하여 성공한 이민자다. 그녀는 70세 후반에 은퇴하여 뉴욕의 시니어 클럽에서 매일 카드놀이와 잡담으로 세월을 보냈었다. 그러던 어느 날 자원봉사자의 권유에 따라 81세에 정식으로 그림 교실에 등록을 하여 배우기 시작했다. 주위에서는 너무 늦은 나이라고 비웃기도 했지만, 그녀는 열정적으로 10주 동안 그림 공부를 했다. 그런 후에 구약성서와 히브리 문학을 주제로 그린 그림들이 미술가와 평론가들에게 천재성을 인정받았다.

이와 같이 시작한 해리 리버만은 101세에 22번째 전시회를 열었다. 그는 전시장 입구에서 꼿꼿이 서서 내빈을 맞았다. 그녀는 “일흔이든 여든이든 아흔이든 나이 많이 먹은 사람들에게 이 나이가 아직 인생의 말년이 아니라고 말하고 싶다.”라고 했다. 앞으로 몇 년을 더 살지 모른다고 생각하지 말고 내가 여전히 일을 더 할 수 있을지를 생각한다. 그녀는 1983년 103세에 행복한 삶을 마쳤다. 마음의 청춘이 중요하다.

100세 시대 120세를 대비하며

이제는 120세 시대를 준비해야 한다. 자식은 건강하고 자립하는 부모를 원한다. 나이 들수록 근로소득보다 자본소득에 집중해야 한다. 건강 자산과 재화 자산을 최대한 유지하고 증여는 천천히 할 필요가 있다. 증여, 상속세에 너무 민감할 필요가 없다. 최대한 자산을 잘 유지하는 것이 필요하다.

2등이 1등 될 수 있을까?

2등이 1등이 되는 것은 쉬운 일이 아니다. 그렇기 때문에 큰 노력이 필요하다. 특정 제품에서 그 브랜드의 일반 명사로 불리는 브랜드를 본원적 브랜드(Generic Brand)라고 한다. 근세에 2등에서 본원적 브랜드가 된 사례는 2000년대 박카스에 역전한 비타 500, 1980년대 삼양라면을 누른 농심, 미풍을 앞지른 미원, 모토로라를 앞지른 삼성 애니콜 등이 있다.

그럼 이러한 브랜드들은 어떻게 해서 역전할 수 있었을까? 첫째, 전략의 일관성을 유지한다. 하나의 브랜드에 하나의 메시지를 전달하여 소비자가 기억하게 하여 구매 시 회상하게 했다. 농심의 "국물이 끝내줘요."라는 메시지를 전달하여 성공한 사례가 있다. 둘째, 커뮤니케이션의 유연

성이다. 다양한 유통채널을 활용하여 노출 빈도를 높이고 소비자의 접근을 쉽게 했다. 셋째, 트레이딩 다운(trading down)이다. 높은 가격으로 인식되던 제품군의 가격을 낮추어 대중화했다.

인생에서도 역전은 가능하지만 큰 노력이 필요하다. 단지 열심히 하면 되지 않고 성공하기 위한 전략이 필요하다. 시장 역전한 브랜드에서 교훈은 첫째, 한 우물을 깊이 판다는 것이다. 치열한 경쟁에서 이기기 위해서는 전문가가 되지 않으면 안 된다. 둘째, 일관성을 유지해야 한다는 것이다. 주위에서 어떠한 것으로 유혹하더라도 흔들리지 않고 자기가 계획한 바를 꾸준히 지켜 나가는 것이다. 셋째, 세상의 다양성을 적극 이해하고 이해해야 한다는 것이다. 과거에는 오프라인에서 주로 이루어졌던 사업도 이제는 점점 더 블로그, OTT, 유튜브 등 SNS를 통해 이루어지고 있다. 넷째, 세상의 변하는 트렌드, 즉 시대정신을 이해하고 이에 부합하는 추세를 따라 일정 부분 삶에 받아들여야 한다.

삼성이 모토로라 핸드폰에 대한 전략은 "휴대전화는 이미 휴대 전화가 아니다."라는 것이었다. 단지, 통화의 기능에서 벗어나 당시 파격적으로 300만 화소, 카메라, 지상파 DMB 기능을 장착하여 우위를 확보했다.

경주 명문가 최부자집: 노블레스 오블리주

부불삼대, 부자가 삼대를 지탱하기가 어렵다는 말인데, 살펴보면 평범한 진리가 숨겨져 있다. 1대는 자수성가를 했기 때문에 망할 염려가 없고, 2대는 재산 모으는 과정을 지켜본 학습 효과로 현상 유지를 해 나갈 수 있지만 3대는 세상 물정 모르고 물려받은 재산 관리를 못해 지키기가 쉽지 않다는 것이다. 그러나 조선의 최고 부자 최부자집은 이러한 평범한 진리를 뒤엎고 12대 400여 년 부를 지켰다.

근래 '최부자집 비결'을 캐낸 책들이 많이 나왔지만 공통적으로 여섯 가지 가훈과 처세육연에 12대 만석꾼의 비결이 담겨 있다고 꼽는다. 여섯 가지 가훈은, '과거를 보되 진사 이상 벼슬을 하지 마라, 만석 이상의 재산은 사회에 환원하라, 흉년기에는 땅을 늘리지 마라, 과객을 후하게 대접하라, 주변 100리 안에 굶는 사람이 없도록 하라. 시집온 며느리들은 3년간 무명옷을 입어라.'이다. 처세육연은, '혼자 있을 때 초연하게 지내라, 다른 사람을 온화하게 대하라, 일이 없을 때는 맑게 지내라, 유사시에는 과감하게 대처하라, 뜻을 얻었을 때 담담히 행동하라, 실의에 빠져도 태연히 행동하라.' 였다.

경주 최부자집 가훈에는 돈 버는 방법보다 이웃을 돌보는 인본주의 사상과 노블레스 오블리주 정신을 강조하는 문구들이 많다. 노블레스 오블리주의 마인드란 부자가 되어서 생겨나고 실천해야 하는 덕목이 아니라 부자가 되기 위해서도 필요한 것이다. 이 속에서 과욕을 삼가고 리스크도 사전에 방지하는 지혜까지 엿보인다.

우리네 가문이나 개인도 마찬가지가 아닌가. 삼대를 못 가는 가문이 있는 반면 경주 최부자집처럼 여러 대를 이어가는 훌륭한 가문도 있다.

라이프워크(lifework)

라이프워크는 '평생의 일, 소명, 삶의 일'을 의미한다. 단순히 돈을 벌기 위한 일이나, 사회적 지위나 명예를 위한 일이 아니라 자신의 재능과 능력을 발휘하여 세상에 기여하고, 삶의 만족과 행복을 추구하는 일을 의미한다.

라이프워크를 찾는 방법은 자신의 가치관과 관심사를 파악한다. 무엇을 좋아하고, 무엇을 잘할 수 있는지, 무엇을 통해 세상에 기여하고 싶은지 생각해야 한다. 다양한 경험을 통해 가능성을 탐색한다. 새로운 경험을 통해 자신의 가능성을 탐색하고, 자신의 진정한 소명을 발견한다. 멘토와의 만남을 통해 조언을 구한다. 이미 라이프워크를 찾은 사람들의 조언을 통해 자신의 길을 찾는 데 도움이 된다. 직업, 취미, 가족, 친구, 건강, 사회공헌 등 삶의 모든 영역에서 자신의 가치관과 열정을 바탕으로 의미 있는 일을 추구하는 것을 말한다. 그리고 그로 인해 돈을 벌 수 있는 것이면 더욱 좋다.

루틴 만들기

시니어들이 일상의 루틴을 만드는 것은 건강한 노년을 보내기 위해 중요하다. 중요한 이유는 다음과 같다.

1. 에너지 관리: 시니어는 신체적, 정신적으로 노화가 진행되어 에너지가 감소한다. 따라서 에너지를 효율적으로 관리하기 위해서는 규칙적인 습관을 통해 일상을 관리하는 것이 중요하다.
2. 치매 예방: 규칙적인 운동은 뇌 건강에 도움이 되며, 인지 활동을 통해 두뇌를 자극하는 것도 치매 예방에 도움이 된다.
3. 삶의 질 향상: 규칙적인 생활을 통해 하루를 계획적으로 보낼 수 있으며, 성취감을 느낄 수 있다. 일상의 루틴

을 만들면, 일관성 있는 생활을 유지할 수 있고, 건강한 식습관과 운동 습관을 형성할 수 있다.

일상의 루틴을 만드는 방법은 다음과 같다.

1. 일정 시간에 일어나기: 일정한 시간에 자고, 일어나면, 충분한 수면을 취할 수 있다.
2. 운동하기: 운동은 건강한 신체와 정신 건강을 유지하는데 도움이 된다. 하루 30분 이상의 운동이 권장된다.
3. 적절한 식습관 유지하기: 과도한 음주와 담배를 피하고 좋은 재료로 만든 음식을 먹도록 해야 한다.
4. 취미 생활: 취미 생활을 통해 스트레스를 해소하고, 새로운 것을 배우며, 즐거움을 느낄 수 있다.

일상의 루틴은 제대로 계획하고 시행하는 방법은 다음과 같다.

1. 개인의 상황에 맞게: 신체적, 정신적 건강 상태, 개인의 관심사, 생활환경 등을 고려하여 구성하여야 한다.

2. 작게 시작하고 점차 늘려 가기: 갑자기 많은 변화를 시도하면 스트레스를 받을 수 있다. 작은 것부터 시작하여 점차 늘려 가는 것이 좋다.
3. 꾸준히 실천하기: 꾸준히 실천할 수 있도록 자신에게 동기를 부여하는 것이 좋다.

리스크 관리가 필요하다: 시나리오 플래닝

과유불급이라는 말이 있다. 너무 지나치면 이르지 못하는 것보다 좋지 않다는 의미다. 살다가 보면 계속 잘되는 것은 계속 잘될 것으로 착각하는 경우가 많다. 그러나 세상일은 자기 뜻대로 되지 않는다. 하지만 그러한 위험은 의도적인 방법으로 피할 수가 있다. 발생하더라도 그 피해를 최소화하는 것이다. 우리나라 시니어 세대는 자산의 70% 이상을 부동산으로 보유하고 있다. 시니어의 경우 자산 관리에 있어 부동산에 편중된 리스크를 관리하는 것이 매우 중요하다. 특히 1990년대 이후 일본처럼 부동산 시장 상황이 악화되면 이러한 편중으로 인한 자산가치가 크게 하락할 수 있다.

이에 대한 대책으로 첫째, 부동산, 주식, 채권 등 다양한 자산에 분산 투자하여 리스크를 분산할 필요가 있다. 국내 뿐만 아니라 해외 자산에도 투자하여 포트폴리오를 다양화 해야 한다. 둘째, 투자 포트폴리오를 정기적으로 점검하고 시장 상황 변화에 따라 자산 배분을 조정한다. 셋째, 사기를 예방해야 한다. 시니어를 대상으로 한 투자 사기가 많으므로 신중해야 한다. 금융상품에 가입하기 전에 충분히 검토하고, 의심스러운 사항이 있으면 금융기관이나 관련 기관에 확인하고, 신고해야 한다.

명문 가문

수백 년 명문 가문, 장수 기업에서 배우는 지혜.

1. 이탈리아 메디치 가문: 르네상스 예술을 지원하고 꽃피운 세계적 가문이다. 문화와 예술의 융합을 통해 문화 부흥을 가져왔다.
2. 한국 경주 최씨 가문: 노블레스 오블리주를 실천하여 수백 년간 존경을 받아 온 가문이다.

명품 주택지는 서울, 수도권

옛날 농경사회에서 집의 역할은 비바람을 막아 주고 피곤한 몸을 편안하게 쉴 수 있는 장소였다면, 이제는 집이 주는 의미는 매우 다양하고 중요해졌다. 과거에는 퇴직 후 로망 중의 하나가 공기 좋고 물 맑은 곳 푸른 초원 위에 그림 같은 집을 짓고 사랑하는 님과 나머지 반평생을 사는 것이었다. 그러나 수명이 획기적으로 늘어남으로써 생각의 전환이 필요하다. 퇴직 이후에도 돈을 벌기 위해 일자리를 찾아야 하고 각종 잔병 치료를 위해 병원에 가야 한다. 또 인플레이션 헤지를 위한 부동산 소유가 필요하고, 소유하다 주택연금에 들려면 서울 혹은 수도권 아파트가 최고로 좋다. 더욱이 역세권이면 더욱 좋다.

이처럼 농경사회에서는 농토가 있는 농촌이 좋았고 수명

이 길지 않았을 때는 물 맑고 공기 좋은 곳이 좋았을지 모르겠지만 이제는 많이 바뀌었다. 현대의 명품 주거지는 일자리 찾기 쉽고, 주택연금이 많이 나올 수 있고, 종합병원 가까운 곳이다. 또 여기에 더해서 서울, 도시의 역세권 아파트가 명품이 아닌가 생각된다.

명품 인생

명품이라는 단어를 국어사전에서 찾으면 "훌륭하여 이름이 난 물품이나 작품"이라고 설명되어 있다. 또한 제품 자체가 역사성과 기술력 그리고 희소성이라는 세 가지 요소를 모두 갖추고 있는 것을 명품이라고 한다. 스트라디바리우스 바이올린이나 19세기 골프클럽의 명장인 영국의 휴 필립이 평생에 100개밖에 만들지 않았다는 골프 피터처럼, 예술적 가치와 희소성을 지닌 작품을 의미한다. 명품은 '쓰면 쓸수록 빛을 발하고 질리지 않는 것들'이라고 한다. 이러한 명품은 연령이나 소득 수준과 관계없이 모두가 갖고 싶어 하고, 가질 수 있고, 또 가져야 하는 물건이 되고 있다.

우리가 어떻게 살면 명품처럼 살았다고 할 수 있을까. 누구나가 되고 싶어 하고 인정하는 삶. 그러나 우리의 인생을 물건처럼 정의하기란 쉽지가 않다. 그러나 인생을 멋지게 살 수는 있다. 인품과 품격을 갖출 때 그것이 가능하다. 윌리엄 셰익스피어는 "꽃에 향기가 있듯이 사람에게는 품격이 있다. 그러나 신선하지 못한 향기가 있듯 사람도 마음이 밝지 못하면 자신의 품격을 지키기 어렵다. 썩은 백합꽃은 잡초보다 그 냄새가 고약한 법이다."라고 했다. 좋은 향기를 내뿜는 신선한 꽃처럼 우리 사람들도 맑고 선한 영향력을 미칠 수 있도록 해야겠다. 그것이 명품 인생이 되는 것이 아닌가?

세계적 장수 브랜드에서 배우는 지혜

세상에는 하루에도 수많은 브랜드가 소비자들로부터 외면을 받아 사라져 가지만 100년이 넘어도 사랑을 받으며 굳건히 지속 성장을 하는 명품 브랜드도 있다. 이러한 명품 브랜드의 지속 가능성을 통해 우리 개인도 한 번 생각해 보는 것도 의미가 있다고 할 것이다. 라이프 사이클을 시대에 맞게 리프레싱하라.

1. S라면: K-Foods의 대표 식품, 가장 한국적인 맛이 세계적인 맛, 맛의 일관성 유지
2. K시리얼: 영양과 편리성 제공, 사회공헌

Time elpased

퇴직 후 명품 주거지역

명품은 시간이 갈수록 빛을 발하며 가치는 상승한다. 명품 주거지역은 어디가 될 것인가? 주택 수요는 인구 구조, 교통, 병원 위치와 생활의 편리성, 그리고 자존감을 세울 수 있는 지역 인가에 따라 달라질 수 있다. 중세 시대에도 교육, 문화, 의료, 돈과 권력이 집중된 도시 지역이 인기가 있었다. 뉴욕, 런던, 파리, 마드리드, 로마, 서울은 지속적으로 선망하는 지역이 될 수밖에 없다. 과거 조선 시대에도 모두 덕수궁 근방, 북촌 지역에 살고 싶어 했다. 누구나 살고 싶어 하는 지역은 부촌이다. 부유한 사람이니 비싼 주거지역에 살 수 있는 것이니, 모두 부자가 되어 부촌에 살고 싶을 것이다. 부촌에 산다는 심리적 만족감도 무시하지 못한다.

매슬로는 인간 욕망에 가장 높은 단계는 남으로부터 존경받고 싶어 하고 때로는 과시하고 싶어 하는 것이라 했다. 도시 지역에 멀어질수록 주거 가격 등락 폭이 클 가능성이 있다. 과거 일본의 경우도 도쿄 위성도시 지역부터 가격이 폭락했다. 교통비가 많이 들어가고 시간이 많이 소요되는 곳에 살 필요가 없기 때문이다. 주택은 주거 의미 이상 경제적 자산으로서도 매우 중요하다. 인플레이션이 지속되는 이상 가치가 있는 실물 가격은 상승한다.

이탈리아 메디치 가문

이탈리아 메디치 가문은 평범한 중산층 집안에서 출발하여 유럽 최고의 부자 가문으로 성장한, 르네상스 예술을 지원하고 꽃피운 세계적 가문이다. 이탈리아 중부지방 산골마을 농장주였지만 세계 최고 가문이 되었으며 예술가와 학자를 후원하여 르네상스 시대를 열었다. 그리고 모든 재산과 예술품을 피렌체 시민들에게 기증했다. 메디치 가문이 본격적으로 출발한 시점은 1397년 피렌체에 메디치 은행을 설립한 때로 거슬러 올라간다. 1743년 가문의 마지막 자손이었던 안나 마리아 데 메디치가 후손을 남기지 못하고 작고함으로써 끝났다. 총 346년이라는 긴 세월 속 동안 세 명의 교황을 배출했으며, 프랑스 왕실에 두 명을 시집보낸 왕실 가문이 되었다.

유럽 최고의 부자 가문으로 메디치 가문은 미켈란젤로를 집안의 양자로 받아들이고 최고의 예술가로 길렀다. 종합 예술의 꽃으로 불리는 오페라가 처음 탄생한 곳도 메디치 가문의 궁정이었다. 근대 정치학의 아버지로 불리는 마키아벨리는 군주론을 메디치 가문에 헌정했다. 포크와 나이프를 쓰는 서양식 식사 예법이 전 유럽으로 확산된 것도 메디치 가문의 공헌이었다. 가문이 지속된 300여 년 동안 보유한 부와 권력, 문화 그리고 정치적 종교적 영향력을 유럽 어떤 가문도 따라갈 수 없다.

장수 가문, 브랜드에서 배우는 지혜

모든 브랜드, 기업, 개인, 가문이 가장 원하는 것은 영원한 지속 성장이다. 이를 이루기 위해서는 다음과 같은 면에 집중해야 한다.

1. 국내외 환경이나 소비 트렌드에 맞추어 끊임없이 변화해서 사람의 마음을 얻어야 한다.
2. 최초, 최고, 유일한 것이 되어야 한다. 한 분야에서 최초가 되든, 최고가 되든, 유일한 것이 되어야 지속 성장을 할 수가 있다.
3. 본원적 브랜드(generic brand)가 되어야 한다. 특정 제품군에 그 브랜드가 일반명사로 불리도록 하는 것으로 개인도 한 분야에서 최고가 되어야 한다.

4. 사회공헌을 통하여 사람들로부터 미움받지 않고 사랑을 받을 수 있도록 해야 한다.

청춘

사무엘 울만

청춘이란 인생의 어떤 기간이 아니라
마음가짐을 말한다.
장미의 용모, 붉은 입술, 나긋나긋한 손발이 아니라
씩씩한 의지, 풍부한 상상력, 불타오르는 정열을 가리킨다.
청춘이란 인생의 깊은 샘의 청신함을 말한다.

청춘이란 두려움을 물리치는 용기,
안이함을 선호하는 마음을 뿌리치는 모험심을 의미한다.
때로는 20세 청년보다도 70세 인간에게 청춘이 있다.
나이를 더해 가는 것만으로 사람은 늙지 않는다.
이상을 잃어버릴 때 비로소 늙는다.
세월은 피부에 주름살을 늘려 가지만
열정을 잃으면 마음이 시든다.
고뇌, 공포, 실망에 의해서
기력은 땅을 기고 정신은 먼지가 된다.

70세든 16세든 인간의 가슴에는
경의에 이끌리는 마음,
어린애와 같은 미지에 대한 탐구심,
인생에 대한 흥미와 환희가 있다.

그대에게도 나에게도
눈에 보이지 않는 우체국이 있다.
인간과 하느님으로부터 아름다움, 희망, 기쁨, 용기,
힘의 영감을 받는 한 그대는 젊다.

영감이 끊기고, 정신이 아이러니의 눈에 덮이고,
비탄의 얼음에 갇힐 때, 20세라도 인간은 늙는다.
머리를 높이 치켜들고 희망의 물결을 붙잡는 한
80세라도 인간은 청춘으로 남는다.

출처: https://humaneer.net/184 [Humaneer.net]

작가 인터뷰

이 책을 집필하게 된 계기는 무엇인가요?

직장에서 30년을 근무하고 퇴직한 후 몇 년이 지나면서 제 삶을 되돌아보게 되었어요. 지나온 세월을 반추해 보니 앞으로 맞이할 시간에 대해 깊이 생각하고 정리할 필요가 있겠더라고요. 이제는 100세 시대잖아요. 약 30~40년이라는 시간을 어떻게 보낼지 고민하지 않을 수가 없었어요. 40년이면 총 350,400시간이거든요. 이 긴 시간 동안 진정한 자유를 누리며 살려면 어떻게 해야 할까 생각해 보니 깊은 성찰과 치밀한 전략이 필수겠구나 싶었어요. 저처럼 미래를 멋지게 설계하고 싶은 분들과 이런 사유의 과정을 나누고 싶어서 책을 쓰기 시작했고요.

퇴직 후 정체성의 혼란을 겪는 분들이 많은데, 작가님은 어떤 변화를 경험하셨나요?

은퇴와 퇴직은 서로 다른 개념이라고 생각해요. 퇴직은 현재 다니던 직장을 그만두는 것이고, 은퇴는 직장 생활과 경제활동을 완전히 마감하는 것을 뜻하죠. 저 같은 경우는 직장을 떠난 퇴직을 경험했어요.

저 역시 오랜 시간 몸담았던 직장을 떠난 후에는 많은 정체성의 혼란과 변화를 겪었어요. 사회적 위치와 시간, 그리고 공간에 이르기까지 많은 것들이 달라졌죠. 직장에 다닐 때는 회사 명함 하나로 제 자신을 충분히 설명할 수 있었지만, 퇴직 후에는 그 후광효과가 모두 사라지더라고요. 또, 톱니바퀴처럼 매일 정해진

계획대로 움직이던 일상이 사라지니 공허와 혼란이 찾아왔어요. '나는 누구인가', '무엇을 해야 하는가'와 같이 근본적인 정체성에 대한 질문을 던지게 되었어요.

인생 1막과 2막의 가장 큰 차이점은 무엇일까요?

가장 큰 차이점은 의무감이 사라지고 각종 부담에서 벗어나게 되었다는 점이에요. 그만큼 자유로운 시간이 많아지지만, 동시에 주위 환경이 완전히 달라지게 되죠.

우선, 퇴직할 나이가 되면 건강이 예전 같지 않아요. 무병장수하면 좋겠지만 현실적으로는 크고 작은 건강 문제들이 생기기 마련이거든요. 또, 직장에서 가장 많은 급여를 받는 시점에 퇴직을 하게 되면, 수입은 끊겼는데 소비는 줄지 않아서 자산이 줄어드는 경우가 많아요. 더불어 직장 생활을 통해 맺었던 인연들이 점점 사라지면서 외로움이 밀려오죠. 그렇기 때문에 인생 2막을 축복의 시간으로 만들기 위해서는 새로운 전략을 세워야 해요.

퇴직 후 첫해를 가장 유익하게 보낼 수 있는 방법은 무엇인가요?

제가 추천하는 방법은 작은 목표를 세우는 거예요. 내가 좋아하는 것이 무엇인지, 앞으로 해야 할 것이 무엇인지 정리하고 계획을 세워 보는 거죠. 계획에서 그치지 않고 반드시 실행해 보는 것도 중요하고요.

품격 있는 시니어로 살기 위한 작가님만의 루틴은 무엇인가요?

하루를 계획적으로 보내려고 해요. 규칙적인 생활과 자기계발을 하면서 성취감을 느끼고 있어요. 매일 1시간 이상 걸으면서 건강을 관리하고요. 그림 보는 것을 좋아해서 인사동이나 박물관에 종종 방문하기도 하죠. 일주일에 한 번 그림을 배우고 있고, 부동산에도 관심이 있어 최근에는 경매를 배우고 있어요. 취미 생활도 자기계발과 연결하려고 노력해요.

인생 2막을 준비하는 데 과거의 어떤 경험이 도움이 되었나요?

기업에서는 항상 장기적인 비전과 목표를 세우고 외부 환경 변화에 맞춰 단기적인 계획을 조정하는데, 저 역시 직장 생활을 하며 이런 경험을 많이 했어요. 그때 쌓은 경험이 퇴직 후에도 스스로를 위한 목표와 비전을 세우는 데 큰 도움이 되었어요. 또, 마케터로 일하면서 사람들과 조화롭게 살아가는 법뿐만 아니라 삶의 탁월함을 추구하는 동력을 얻었죠.

작가님만의 놀이 공간 '슈필라움'은 어떤 모습인가요?

제 '슈필라움'에는 제가 취미로 수집하고 있는 근세사 물건들이 있는 공간이 있어요. 특히 1988년 서울올림픽 통역 봉사 당시의 추억을 떠올리며 관련 자료를 모으고 있어요. 최근에는 바닷가에서 동해의 일출을 보며 커피 한 잔을 즐기고, 해안 둘레길을 걸으며 행복을 느껴요. 독자분들도 자기만의 '슈필라움'을 꾸려 보시면 좋겠어요.

앞으로 삶에서 이루고 싶은 목표는 무엇인가요?

거창한 목표를 이루기보다는 지금처럼 진짜 하고 싶은 일을 하며 살고 싶어요. 좀 더 건강하고, 매사에 감사하며, 배우고 싶은 것을 배우면서, 배우자와 함께 즐겁고 행복한 삶을 살아가는 것이 제 꿈이에요.

끝으로 독자들에게 한 말씀해 주세요.

이제는 100세 시대예요. 진정한 자유와 행복을 준비할 때죠. 누구나 행복할 권리가 있어요. 꿈을 꾸며 그 꿈을 이루려고 노력하는 자는 죽지 않아요. 후세에 무엇을 남기고 갈 것인가 고민할 필요도 없어요. 자기 일은 스스로 충분히 준비하여 결정하고, 결정한 대로 살아야 하죠. 기존의 생각이나 말들은 의식할 필요가 없어요. 그러려니 하고 살지 말고 인생 2막, 3막에 대해 전략을 세워서 시간이 지날수록 가치를 더하는 명품 인생을 만들어갔으면 해요.

작가 홈페이지

나이 60, 이제 너는 자유일까

나에게 쓰는 편지

발행일 2024년 12월 24일

지은이 김정수
펴낸이 마형민
기획 신건희
편집 곽하늘 강채영 최지인
디자인 김안석 조도윤
펴낸곳 주식회사 페스트북
홈페이지 festbook.co.kr
편집부 경기도 안양시 동안구 관악대로 488
씨앗트 스튜디오 경기도 안양시 동안구 안양판교로 20

ISBN 979-11-6929-649-6 03810
값 15,000원

* 페스트북은 작가중심주의를 고수합니다. 누구나 인생의 새로운 챕터를 쓰도록 돕습니다.
creative@festbook.co.kr로 자신만의 목소리를 보내주세요.